スターチス

和久井 志絆

目次

序章

ゴッホはなぜ耳を切ったのか。

諸説ある。僕は僕なりにこうなんじゃないかなぁと考えて一つの結論は出している。でも誰にも話していない。恥ずかしくて。

物心ついた頃、というのがいつ頃を指すのかわからないけれど、とにかく自分の名前が「優一郎」だと知る頃にはもう絵が好きだった。名字が「剣」だと知ったのはそれより後だと思う。「つるぎ」という言葉が男の子的にはカッコよくて周りから羨ましがられた。でも僕は泣き虫の弱虫っ子だったから「名前負けしているわね」と周囲のお母さん方は小馬鹿にしていたらしい。それに対してお母さんは「つるぎは名前じゃなくて名字よ。優ちゃんは一番優しい子だから正しいわ」とプンプンしていた。

僕はおとなしい子どもだった。小学生くらいになるとはっきりと自覚するようなった。友達は、いなかったわけではないけど、みんなで遊ぶということがあまり好きじゃなかった。

気が合う人というと女の子のほうが多かった。だから弟からはよく馬鹿にされた。そう僕には二つ下の弟がいる。

名前は栄二郎っていう。みんなからはエイジって呼ばれてる。僕と正反対にスポーツが大好きな活発な性格で小学校高学年くらいになると僕とは全然違う意味で女の子に囲まれて、もうモテてモテてうんざりするぜと嬉しそうだった。

でも、そんなことは僕には関係なかった。絵を描くこと。たった一つでも好きで、なおかつ得意なことがあれば劣等感を感じることは決してなかった。

それでも寂しさはあった。中学生になった時、僕は美術部に入らなかった。入れなかった。僕の通っていた中学校の美術部は所謂ヤンキーたちの溜まり場みたいなところだったからだ。

僕は孤独になった。普通に生活していて「絵を描く」なんて行為は一般的にはほとんどしない。「漫画を読む」、「音楽を聴く」などの多くの中学生が普通にすることと比べたらその差は歴然だ。共通の趣味を持つ人がいないということが、ただでさえ苦手だった人付き合いというものを俄然難しくするということを僕は思い知った。

絵を描くことをやめて他の部活に入ろうかとも考えた。でも天秤にかけるまでもなく僕は絵を描くことを選んだ。それくらい大好きになっていたからだ。

思い返してもあまり平和な学校ではなかったと思う。いじめや不登校も多くて、授業中も私語や立ち歩いたりする人が多かった。

どうして自分はいじめの被害には一度も合わなかったのかと不思議に思う。地味で力も気も弱くていじめのターゲットになりやすいタイプだったと思うから。

答えは、絵だと思う。自分では自分の画力がどれくらい高いのかわからなかった。けど、美術の先生が僕の絵を一目見て驚嘆したんだ。その人がいなかったら僕はただ趣味で描くだけの「絵が好きな人」として一生すごすことになっていたかもしれない。

技術的にはまだまだ拙い。でも本格的に学べば必ず開花する。確実に才能がある。そんなふうに言ってくれたんだ。

それからだろう。所謂「一目を置かれる」っていうやつ。なんだかよくわからないけどすごいやつなんだって思われるようになったんだ。

相変わらずおしゃべりをするとかそういうことは苦手なままだったけど、孤高の人。悪くない気分だった。勉強も得意だった。見た目も悪くない。もしかしたら好きって思ってくれてる女の子もいたかもしれない。ただ当時の自分が彼女なんて作れたかと言えば、無理だったと思う。自分のほうが、あまり人間というものを好きでなかったからだ。

クラスメートは、繰り返すが授業中も真面目に勉強しない人が多かったし、自分は運動が苦手だったから体育会系の人間というのはなんであんなに偉そうにガーガー怒鳴るんだと不愉快だった。テレビとか芸能とかそういう類いも嫌いだった。なんでこんな低俗なものにみんな夢中になるんだと理解できなかった。それに比べて歴代の偉大な芸術家たちの絵のなんと素晴らしいことかと、比較してしまったから尚更嫌いになった。

それだけ絵が好きなのになかなか美術館に行くということはできなかった。やっぱりここでも独りで行くということが寂しかったんだ。

感想を語り合ったりしたかった。僕はこの絵が好き。この画家はこういうところがいいね。次はどこそこの美術館に行こうよ。

また、一緒に。そう言いたかったんだ。

並列に語るのも烏滸がましいけど、ゴッホもきっと孤独な人だったと思う。芸術家は変わり者が多いと言うから。

今の自分の芸術家らしいところはただただ「孤独である」という点だけか。まだまだ未熟だ。

そんなことをいつも考えていた思春期。自分の人生をどこからどこまでどの角度から何度振り返っても思うことは一つ。

あの人に会えてよかったということ。

第一章　花の絵を描く人

1

馬鹿と天才は紙一重。

よく言われることだし僕もよく言われる。陰口ならイヤだけど直接言ってくる人が多いから悪い気はしない。

理由ははっきりしてる。僕の画風だ。

画風なんて漠然としたものじゃない。僕は花の絵しか描かなかった。確かに様々な花を描いてきたと思う。でも確実に花だけだった。それも風景画という感じではない。どれも決まって一輪花だ。

どうして花の絵しか描かないんですか？　何度も聞かれた。

ただ、一つに絞ったほうが練習になるし、人物画はモデルがいるし、あまり外に出るのが好きでないんで。他にもいろいろあるんですけど。

そんなふうに答えていた。毎度、最後の一文が余計なんだと思う。いろいろってなんだとさらに疑問を深めてしまう。

高一の夏休み頃には、僕は普通に勉強をするよりも、絵の専門学校に進みたいと考え始めていた。その少し前からだ。僕が何かに憑かれたように、花の絵しか描かなくなったのは。

高校では無事に美術部に入れた。でも、良い仲間と思える存在はできなかった。どの人も真剣に絵に取り組んでいたし、それでいて部活の時間が終わればみんなで楽しく時には寄り道しながらいかにもな青春を謳歌していた。そこに溶け込めなかったのは誰のせいでもない僕の責任だ。

初めから仲間外れにされていたわけでは決してない。でも、やっぱり僕は人と上手く打ち解けることができなくて、なんとなくでも空気を悪くしてしまうことが申し訳なくて、次第に自分からみんなと距離を置くようになった。

梅雨に入った頃のことだった。紫陽花が綺麗だったことを覚えてる。

最初は、なんでもない出会いだった。僕が次はなんの絵を描こうかと考えていた頃、たまには花でも描いてみるかと立ち寄った花屋でのことだ。

僕は女性という存在が好きだった。別にイヤらしい意味で言ってるわけではない。ただ見た目だけでなく雰囲気や仕草、内面も含めて男には決してない可愛らしさや優しさがあってなんだか、安心するんだ。

だから、その綺麗な女性を見ても特別な感情は沸かなかった。あまり繰り返すと却って見苦しいが、決してイヤらしい意味ではなく、僕は綺麗な女性を電車内などで見るとつい見惚れてしまう癖があったから、その人に対しても同じような反応を示しただけだ。

でも、その視線に気づかれた時、いつもとは違う感覚があった。

目を逸らすわけでもない。かと言ってニッコリと微笑むわけでもない。嫌な顔をするわけでもない。

どうしてだろう。悲しそうな顔をした。そう見えた。

僕はその日、なんの花を買ったのか覚えてない。レジを担当したのもその女性ではなくて、隣にいた男性店員だった。

また会えるだろうか。そんなふうに考えている時点で僕はその人に特別な感情を抱いていたんだとわかる。

一ヶ月が経った。その間に五回以上はその花屋に通った。でもなんの進展もなかった。

進展？　僕は何を期待していたんだ？

友達になることか？　それ以上か？　たぶん僕は仲良くなりたかっただけだ。

花屋に入る時、何も買わずに出るのは失礼？　迷惑？　不自然？　とにかく変だと思ったから必ず何かしら買うようにしていた。アルバイトもしてなくてあまりお小遣いもないからいつも一輪だけ。

その女性の名前はすぐに判明した。相沢妃奈さん。名札をチラッと見ただけのことで直接聞いたわけではない。

恋愛に関してはなんの経験もなく臆病だったけど、さすがに彼女のレジで会計をすることには早い段階で成功していた。別に特別な会話はない。でも、あとになって知ったことだけれど「毎回一輪ずつ買っていく人」として彼女の印象にも残っていたそうだ。

自然に、花が好きになった。どこか儚げで可憐に美しく、いつもそこに妃奈さんの面影を見るようになった。せっかく買った花だから部屋に飾るだけでは勿体ない。絵に描くようになった。

花屋の店員さんに恋をして、なけなしの小遣いを握り締め何度もお店に通ううちに、花の絵ばかり描くようになった。

そして画力だけが上がっていった。気がつけば四季を一周りするほどの時間が経っていた。

「あの、いつもありがとうございます」

「えっ？」

本当に驚いた。いつものように会計を済ませようとしたら妃奈さんのほうから声をかけてきたんだ。思えば、正面から近距離でまともに顔を直視するのも初めてだった。

決して派手な顔立ちではない。どことなく古風で、聡明さを感じさせる。スッと通った鼻筋と薄めの唇が、ほっそりとした身体つきに沿う長い黒髪と合わせて、淑やかな上品さを醸し出している。

「あ、すごくよく来て下さるので、一度お話してみたいなと思ってたんです」

そう言って妃奈さんは微笑んだ。学校で接する同年代の女子とはまるで違う。成熟した大人の女性の微笑み。僕はクラっと来た。八月の暑さのせいでは決してない。

「あの、僕……」

完全にヤラれていた。体が熱くなっていく。たぶん顔は真っ赤になっていたんじゃないかと思う。

「剣っていいます。美術部で、花の絵を描くのが好きで、それで……」

「あぁ、そういうことだったんですね」

嘘は、ついていないと思う。妃奈さんのほうも業務中にそんなにお喋りするわけにもいかないので、とりあえずその日の会話はそれだけだった。

十七歳の夏、僕は一つ目標を立てた。

妃奈さんに、好きですと言いたい。できるならお付き合いしたい。

一年が経った。言えなかった。ただ、勇気を出してラインのＩＤを書いたメモを渡すことくらいはできた。連絡が来るまで二日空いた。むしろ早いほうだと思う。それでも僕には半年以上の長さに感じられた。

メル友、という言葉を懐かしく思い出した。すごく嬉しいはずなのに逆に疲れてしまうと感じることもあった。返信が来るまで他のことが手につかない。先に花屋で会ってしまうこともなんとなく気まずい。

いろいろわかったこともある。妃奈さんは僕の四つ上の二十二歳。短大を卒業した後、今の職場に就職したそうだ。

僕が弟がいるという話をしたら自分は一人っ子だと言ったが家族の話はあまりしたくないのと続けて言った。疑問に思ったが、人それぞれ事情があるから特に追求はしなかった。

両親のことで苦労したのは僕も同じだから。

一番重要な情報、彼氏はいないそうだ。今までにもいたことはあるが長続きしたことがないらしい。こんなに綺麗で内面も素敵なのに。でも、妃奈さんがよく見せる切なそうな表情をそこでもするので僕は追求しない。そう、妃奈さんは切なそうな顔をよくする。

振り返れば、初めて視線を交わした時もそうだった。その時のことを聞いてみたら、こんな返事が返ってきた。

「剣君も、なんだか切なそうに見えたの」

2

その日、母さんは仕事の都合で遅くなると聞いていた。よくあることでそういう時、食事の準備は僕がする。料理はそこそこできる。

「さらっと言っちまえばいいだろ？　どうせ告白は三回目のデートでとか恋愛テクは使えねぇだろ。兄貴は」

初めて妃奈さんについて弟のエイジに相談した。しようとしてしたわけではない。話の流れでそうなった。

「だいたいな。そういうテクっていうのは彼女が欲しいっていう気持ちがまず先に前提としてあるやつが調べ漁るんだよ。兄貴は違うんだろ？」

その通り。妃奈さん以外の人とは付き合いたくない。

「たくっ。勉強やらなんやらについては煩く説教垂れるわりに一番大事なとこで頼りねぇよ。兄貴は。閉じこもって絵ばっか描いてると大人になってから一般社会で生きていけねぇぞ。まさか本気で画家になりたいわけでもねぇだろ。潰し効かねぇぞ」

ズケズケズケズケ……。

「お前もバスケでプロになりたいわけじゃないだろ？　同類だ」

「舐めんなよ。俺は本気でプロ目指してる」

「才能だけなら十分過ぎるくらいなんですがねぇって、監督さんに言われたらしいよ。母さんが。地道な基礎練が嫌いでセルフプレーが目立つ性格さえなんとかなればって。それで本気って言えるなら僕はそれ以上には努力してるよ。少なくとも」

「監督は俺の持ち味をわかってねぇんだ。大学ではそうはならねぇ」

お互いに頑固な兄弟だ。口喧嘩なら日常茶飯事、別に悪いことだとも思ってない。

「インターハイ、行けるといいな」

「なんだよ、急に」

「いや、嫌味で言ったんだよ。わかれ」

エイジは一つ舌打ちしたきり、しばらく黙って食事に戻った。美味いとも不味いとも言わない。張り合いがない。

絵に関してもそうだ。エイジは僕の絵についても特に何も口を出さない。それはお互い様で僕もエイジのバスケの試合は一度も見に行ったことがない。ミニバスの頃からずっとだ。

「お前は彼女いるんだろ？」

「あぁ、今は三人かな」

エイジはさらりと言う。もう怒る気も失せた。

エイジの浮気グセは小学生の頃からだ。初めての彼女は三年生の頃。その子とは手を繫いでほっぺにチューまで。半年でお互いに飽きて友達に戻る。

二人目の彼女ができた三週間後、並行して三人目ができる。その子たちは別に二股でもよかったらしい。そりゃそうだ。小学四年生の恋なんて遊びに決まってる。

だが、中学になってもそんなだったからさすがに僕は怒った。エイジは聞く耳も持たなかった。

せめて僕にも彼女がいれば説得力があっただろうに。

「デートとかどうしてんだよ。バスケも含めりゃほとんど四股だろ?」

「バカやろう。バスケとたかが女を一緒にすんな」

たかが扱いなら付き合うなよ、と言いたいがエイジは僻みとしか受け取らないとわかっているので何も言わない。そうするとこのバカ男は何も言い返せないと受け取る。タチが悪い。

「兄貴も、俺の兄貴なんだから顔はまともなんだよ。内面の問題だ」

エイジは一足早く食事を平らげるとさっさと席を立った。ふぅ、やれやれといったため息を一つ当てつけのように。

お前より内面に問題あったら良い絵なんて描けるか、僕はお返しのようにため息一つ。

卒業まで半年もない。ちなみに、僕ら兄弟は同じ高校に通っている。桐沢高校という。学区内で、さほど選択肢もなかっただけのこと。学力も弟のほうは下の上くらいで僕のほうは上の下くらいだ。

進路はもう決まってる。美大、に行きたかったがお金がない。母さんにこれ以上の負担はかけたくない。今だって本当はバイトくらいするべきなんだ。社会勉強のためにも。でもコンビニのバイトは一週間ももたずにクビになった。元気な声で接客、というのができない。

僕が人と接することを苦手とするようになったのは父の影響が大きいと思う。乱暴な人だった。手は出すし、それ以上に乱暴だったのは口だ。あまり頭はよくない人だったからお説教はいつも支離滅裂だった。だから、なおさら理不尽で脅威に感じた。愛情の裏返しとはとても思えなかった。口応えも許さなかった。

十三歳の時、結局、両親は離婚した。でも、それからも人の、特に男性の怒った顔が苦手だ。怒った顔だけじゃない。極端に言えば無表情でいる人も怖い。笑っていてほしい。頼むから。それだけでいい。

僕は臆病者だよ。なんだかんだ言ってエイジの存在はありがたいんだ。お互いに遠慮なく本音を言える。それはたぶんエイジも同じ気持ちなんだと思う。バスケ部では先輩から嫌われてるのも知ってる。生意気だからと、身体能力だけでレギュラーを掴んでしまったことへの嫉妬と。同級生からも距離を置かれてるのは、きっとそんなやつと仲良しと思われたら自分もとばっちりを食う、そんな恐れだ。

結局、二人とも寂しいだけ。エイジが女の子を常に近くに置いておくのはそんな心の穴を埋めたいだけだ。

それでも、僕は高校を卒業した日、式を終えたその足でいつものように花屋へと向かった。

「これ、ご迷惑でなかったら読んで下さい。僕、相沢さんのことがずっと好きでした」

一ヶ月以上前から準備して、何度も何度も読み返したラブレターを渡した。妃奈さんはただ微笑んで受け取ってくれた。

さすがに自分の好意はもうとっくにバレてることくらいわかっていた。どんなに鈍い人でもわかるくらい露骨にモジモジしていたし、ましてや妃奈さんは全く鈍い人ではない。

「ありがとう。あなたの気持ちに応えられるかはわからないけど」

妃奈さんは僕の目を見てくれなかった。僕は、自分の頬を伝う涙の存在には気づいていたけど、その理由はわかっていなかった。

3

正直に言うと今時ラブレターなんて恥ずかしいです。

できれば海の見える公園とかちょっとオシャレなレストランとかで言いたかった。

初めて相沢さんを見かけた日からもう二年半以上が経つことに驚きます。

同時に、そんなに長い間、気持ちを伝えられなかった自分が情けないです。

僕はあなたより四つも年下のお子様です。

あなたと手を繋いだり、デートをしている自分を思い描けません。

怖かったんです。

僕は友達がいません。

絵を描くことしか取り柄もありません。

でも、好きです。

付き合ってください。


妃奈さんは何十回も読み返してくれたらしい。読めば読むほど僕の人間性が伝わってきて自然と頬が綻んだって。そう言われると僕は恥ずかしくて死にそうになる。

「優ちゃんてあんなに素敵な絵を描くのに文才はゼロなんだなって。可愛い」

専門学校に入学して一年が経っていた。僕らの関係は「優ちゃん」と呼ばれるまでに進んでいた。

相変わらず僕のほうはさん付けで敬語なことはエイジには口が裂けても言えない。絶対に馬鹿にされるから。

ようやく絵描きとしてそれなりの感触を得ているんだ。エイジも「兄貴は自分が思ってたよりすごいやつなんだ」と認め始めている。

雑誌のコラム欄のイラストを担当し始めたんだ。そこそこ有名な雑誌だ。ほんの一ページだが毎週連載されるんだから少しは名前も売れる。「イラストレーター・剣優一郎」の名前が。それで、今日はその雑誌の編集さんと軽く飲んでる。僕が酒は好きじゃないんでと言えば無理強いはされない。そもそもまだ未成年だ。

「馬鹿と天才は紙一重ってよく言うけどお前ほど極端なのは珍しいぞ。花の絵しか描かない理由、そろそろ公表しようぜ。絶対、好感度上がるぜ」

「キモイ、重いって思われそうでイヤです。好感度アップ狙ってるって邪推されるのもイヤです。なにより妃奈さんが迷惑です」

「そうかぁ、俺が女だったら嬉しいぜ」

「相馬さんは女じゃないでしょう」

「お前だって男じゃねぇか」

不毛な会話だ。お互いに笑ってしまう。

妃奈さんに特別な事情があることを僕は本当に親しい人にしか話していない。例えば編集部の中でも一番よくしてくれている相馬さんにしか話してない。ただ、エイジには話している。

不思議に感じたのは付き合い始めてすぐのことだった。僕は初めてのデートでは手も握れなかった。二回目のデートで水族館に行ったとき、今度こそと勇気を出した。

でも、妃奈さんは避けた。僕の勘違いだったのかもしれない。でも、妃奈さんは明らかに意図して僕の手をかわした。

もう何回目かを数えなくなった頃のデートでのことだった。街中で偶然、妃奈さんのお友達の女性に出くわした。のちにアイカさんという名前だと知った。高校時代の同級生で友達の中でも特に親しい部類に入る人らしい。その人の僕を見る目がかなり険しいことに僕はすぐに気づいていた。

「妃奈、その人は……」

「あ、ごめん。アイカ。まだ紹介してなかったよね。彼氏だよ。剣優一郎君ていうの」

「彼氏って……あんた、大丈夫なの？」

「大丈夫、だよ。心配しないで」

僕はなんのことだかわからなかった。アイカさんは僕と連絡先を交換しようと言ってきた。唐突というか、不自然な展開だと思った。普通、友達の彼氏と急に連絡先交換するか？

謎が解けたのはデートから帰ってきて一っ風呂浴びてもう寝ようかと思った矢先のことだった。

「あんた、いいやつそうだし妃奈が選んだ人なら私も信用するけど」と前置きしてからアイカさんは語った。妃奈さんの過去のこと。

相馬さんが言うにはさほど珍しくないケースらしい。僕もそういうこともあるんだろうとすぐに理解はできた。受け入れることはできなかったけど。

性的虐待。妃奈さんは幼少期からずっとこれに苦しみ続けてきたんだそうだ。血のつながった、実の父親から。ずっと。

それから男性に深層心理で恐怖心を持っている。頭でも、もちろん心でも受け入れている。それでも体が肉体的な接触を拒絶してしまう。

「妃奈、あんたと手も握らないでしょ。今までの男だってそう。妃奈はプラトニックしか無理なの。意味わかる？　でも、それであぁ、わかったぜっていう男なんているわけないでしょ。それですぐ上手くいかなくなって別れてんの。私が知ってるだけでも四人。だからもう諦めなって私も言った。

でも、それであぁ、わかった、私は一生恋なんてしないなんて割り切れるわけないでしょ。あんたもさ、軽い気持ちで妃奈と付き合わないで。これ以上、妃奈が傷ついたり苦しんだり、見てられないの。ていうか妃奈に下手に手ぇ出したりしたら、ねぇ、意味わかって聞いてる？　マジで……ぶっ殺すからね！」

一気にまくしたてられた。僕は一言も返せなかった。

大好きなのに、僕は、妃奈さんに触れることもできないの？

手を繋ぐことも、抱き合うことも、キスすることも、それからもっともっとお互いに愛を深め合ってからでもちろん構わないとは思っていたけれど、もっとエッチなことなんかは、決してできないということ？

「剣はまだ若いから結婚なんてピンとこないだろうけど、そんな人が相手だったら、絶対無理だぞ」

相馬さんは「絶対」と言い切った。子供も作れないと決定してる。一緒に住んでいながら性的な交渉は端から不可能だとわかってる。「それでも構わない！」なんて一時の感情で決めちゃあ絶対にダメだ。それは僕もわかってる。

「そんな人、なんて言い方はしないで下さい。妃奈さんにはなんの罪もないんですから」

「あぁ、たしかにそうだな。そこは悪かった」

僕は皿に一つ残っていた唐揚げを口に入れた。相馬さんは冷奴と生ビールを一杯追加した。

「なんとか、妃奈さんが病気？　……って言っていいのかな。克服できないかって必死で考えてるところです。僕は妃奈さんを諦めるくらいなら死んだほうがマシです」

「滅多なことを言うもんじゃねぇよ。まぁ、思うだけなら自由だしお前の場合、本気で思ってそうだからな」

僕はコーラを一口含んだ。相馬さんはベルトを少し緩めた。僕よりだいぶ太っているがそれほど大食いではない。

「そこまで一途に人を好きでいられるってのもうらやましい。俺も女房とは恋愛結婚だったけど今は完全に子供のほうが大事になってる。家族っていう塊の中の一部分っていう感覚だな」

「素敵なことですよ。僕は片親で育ったし、それに……」

父親は酷いやつだった。母と離れることになったのは暴力だけが理由ではない。

いわゆる援助交際、それも一度や二度ではなかった。母は当然、許すことはできなかった。かと言ってすぐに離婚だというほど世の中は簡単にはできていないということ、まだ子供だった自分でも理解できた。

そんな過去があるからだろう。僕は性の問題にうるさい。

貧弱な体に争いは好まない性格、それでも僕は甘っちょろいいい子ちゃんではない。映画なんかでもバイオレンスシーンや流血シーンは目を背けずに見られる。深刻な社会問題を扱った作品や凄惨な戦争映画もむしろ興味深く見られる。

唯一、見られないのが性暴力シーン。以前、レンタルショップで借りた純愛映画。感動作と聞いていたが、中盤辺りでヒロインが輪姦されるシーンがかなり激しい描写で描かれた。

僕はあまりにも気分が悪くなりトイレに駆け込み、吐いた。結局、その映画は最後まで見られなかった。ネットのレビューでは「ラストシーンが泣ける」という意見が多く見受けられたが、もうどうでもよかった。

「魂の殺人てやつさ。お前も親父さんに散々、暴力振るわれてきたんだろ」

全ての人間に唯一等しく与えられた尊厳、抗うこと。

「抵抗する権利。力弱い子どもや女性への暴力はそれを奪う行為さ。喩えるならロープでグルグルに縛り付けた状態で殴るような行為さ」

相馬さんはそう語った。楽しい飲みの席で話すようなことじゃない。でも僕は僕の今の気持ちに合わせてくれてるようで嬉しかった。言葉を繋ぐ。

「拒否する権利。人間は誰だってイヤなことはイヤという権利を持ってます。でも父さんはどんなにやめてと言ってもやめてくれることなんてなかった。きっと妃奈さんだって……」

「もう一つ、逃避する権利。草食動物にとっていかに天敵から逃げるかが唯一の生存手段であるように人はみんな逃げる権利を持ってる。それさえも奪われたら……」

人間の尊厳を全て奪ってしまうと言われる由縁。妃奈さんはそれから先、恋をする自由も奪われた。いつも切なそうな顔をしてる妃奈さん。決して大袈裟なんかじゃなく人を愛する喜びも愛される幸せさえも。

「なんとかしてやりてぇ気持ちがまるでないわけじゃねぇ。でも俺にはどうすることもできねぇ。見捨てろなんて酷い言い方はしたくねぇが、お前は自分の幸せを優先することも少しは考えろ」

「イヤです」

「わかってるよ。お前が言い出したら聞かねぇ奴だってことは。なるべくな、知り合いで心理学とかな、そういうの詳しい奴、探してるとこだよ。一種の心的外傷、トラウマだろう。治ることだってあるさ」

相馬さんは涙目になる僕の背中をポンと叩く。幸い場所は居酒屋。酔っ払えばいろんな客がいるから僕がわぁわぁ泣き出してしまっても周囲の人間はさほど気にしなかった。

男のくせに。今時ないフレーズだが、女性はもともと男よりも肉体的に弱い。デリケートな部分も多い。

泣き叫び、必死で許しを乞う。それを呼吸を荒くした男がさらに責め立て、汚す。

可哀そう、という言葉はあまり好きでないが本当に可哀そうで見ていられなくなる。

妃奈さんもそんな思いをずっと味わってきたのだろうか。そう考えると、僕はさらに涙が出る。

同時に怒りが込み上げる。あんなに優しくて清らかな人に一生消えないかもしれない傷を負わせた実の父親とやらに。

「俺の娘も女子高生だろ。多感な時期だよ。。どうやら彼氏はいるみたいなんだけどな。まぁ、男親からみても微笑ましい純愛ってやつだよ。相手は野球部らしいんだけどな。レギュラーでもなんでもねぇ。一度、家に連れてきたことがあるんだけどな。全くかっこよくもなんともなかったぜ。でも、いいやつそうだったよ。俺がいくらそんなに緊張すんなよって言ってもずーっとカチコチに固まってたぜ。あぁ、由香里はいい男を選んでくれたなって思ったもんさ。あぁ、由香里って娘の名前な」

相馬さんはかなり酒に強い。あまり酔っていない口調で語る。僕はやっとの思いで涙を拭きながら、うんうんと頷いた。僕もそういう男のほうが好きだ。下手にエースで四番なんて言ったら、どうしても女の子にキャーキャー言われて、結局、特定の彼女は作らないイメージがある。誰のことを思い浮かべながら言ってるか。当然、エイジだ。

「僕も飲んでいいですか？」

「自棄になりたくなったか？　じゃあ、ビールでも……」

「苦いのダメなんで。カシスオレンジもらいます」

「……乾杯」

4

同時期、エイジは高校三年生になってからやたら荒れていた。何かあったかと聞いても答えようとしない。実に迷惑だ。

でも時々、一人、部屋で喚き散らしている声が聞こえてくる。

僕ら兄弟は互いの部屋に絶対に入らない。別に入りたいとも思ってないが、なぜか絶対に入ってほしくないという気持ちはお互いにある。

本当にただの気まぐれだったんだけど土曜日にエイジの所属するバスケ部の練習試合を見に行った。ここのところのエイジの不機嫌さの原因がわかるかもしれないと思い立ったんだ。電車で三十分ほどかかった。

相手はそこそこの強豪校らしい。盗み聞きしてるわけではないが周囲の人間の会話の内容からわかる。

僕が着いた時にはもう試合開始十分前ほどだった。ちょうどよかった。エイジを探すとすぐに見つかった。一人でポツンとしていたからだ。

そもそもスポーツ自体、ほとんど経験がない僕でも思う。団体競技ってそんなんでいいのかな、と。息のあったチームプレイとかできるのか。

エイジのポジションはスモールフォワードだと聞いている。一応、実の弟だ。少しは理解し合いたいとは思ってる。バスケについても少しは勉強してる。

ただ「本で読んだってなんの役にも立たねぇよ」とかなんとか言われてしまいそうなので本人には言ってない。

であったが、どうやらエイジの今日のポジションはパワーフォワードに近い気がする。気になるのは背番号16の男。試合が始まるとともに一際目立ち出す。どうやらスモールフォワードは彼だ。近いと言える距離ではないが顔立ちもぼんやり覗える。三年生ではない気がする。たぶん二年生か、もしかしたら一年。

彼がシュートを決める度に、上手いパスを出す度に、敵から見事ボールを奪った時、応援陣から大きな歓声が上がる。その度にエイジの顔が目に見えて不機嫌になるのを兄である僕が見逃すはずはない。

「読めたぞ」

僕は微かに呟いていた。

ハーフタイムになるとその16番に一際目を引く可愛らしい女の子が近づき、タオルとスポーツドリンクを差し出す。マネージャーだろうと察しが着いた。対照的にエイジには誰も声をかけない。ずっと変わらない不機嫌そのものの表情でベンチにドカッと腰を下ろす。

結局、その日の試合は桐沢が２０点以上の差を着けて勝利した。別にＭＶＰを決めるなんて制度はないが、素人の僕から見てもそれはどう考えてもあの１６番だ。

最上聖也。それが彼の名前だった。

「うんうん、だいぶ読めたぞ」

体育館から出て僕はまた一人呟く。周りにあまり人はいなかった。

僕は自分から人に話しかけないし話しかけられることも少ない。だからこそ、その時は少し驚いた。

「あの……」

女性の声でどうやら自分に呼びかけていると感じる。振り返ると先ほどベンチにいた美少女が一人、立っていた

黒のロングヘアに卒のない整った顔立ち。誰からも好感を持たれそうなよくいる正統派の可愛い女の子。全然関係はないかもしれないがエイジの好みではないと感じた。その時は。エイジはどちらかと言うとギャル系のほうが好きだと承知してる。

「剣優一郎さんですよね？　エイジ君のお兄さんの」

「そうですけど、なにか？」

今頃は部員一同でミーティングでもしてるか、とっくに帰ったかどちらかだと思っていた。マネージャーが単独行動していいのか。

「あの浅倉桜って言います。バスケ部のマネージャーやってます。あ、ダジャレみたいな名前ですけど本名なんです」

何もツッコんでないのにその子は一人で楽しそうに笑う。僕も思わず頬が緩む。

「試合、見てましたよ。完勝でしたね。おめでとうございます」

僕はペコリとお辞儀した。基本的に初対面の相手には敬語で話す。異性の場合は尚更。だからこそ、この桜ちゃんって子からしたらエイジとのギャップが大きかったかもしれない。

「あ、ありがとうございます。私も嬉しくて。今年はいい新人が入ってくれて。もう夏目指して絶好調って感じで」

「それは、よかったですね」

「はい」

本当に嬉しそうに笑ってる。僕にはこの子が自分を追ってきたことの真意は全くわからないがなんとなく嬉しかった。女の子の可愛い笑顔を見るのは好きだ。

「それで、僕になにか？」

「あ、失礼しました。あの、エイジ君が応援席に兄貴がいたって話してて、ご挨拶くらいはと思って。みんなは反省会中なんですけど、ちゃんと監督の許可は取ってます」

「ご挨拶って、そんなご丁寧に……。大丈夫ですよ。僕はもう帰ろうと思ってたところですから」

「いえ、お兄さんのことは私もよく知ってます。うちの部では有名人なんですよ。イラストレーターさんで雑誌にも載るくらいすごい人なんだって。私も一度お会いしたくて」

「はぁ、それは光栄です。そんな大したものでは……」

僕はたじろぐ。ひさしぶりに妃奈さん以外の女性に対してドキドキしてる気がする。その様子が桜ちゃんにはおかしかったんだろう。またニコニコと笑う。

だが、同時に気づく。また、心の中で呟く。「読めたぞ」と。

「それで、本当はお兄さんにご相談があってきたんです。これも監督から許可は取ってます。というか監督に頼まれたんです」

「相談？　僕に？」

監督さんからの頼みで？　だとしたらエイジについてとしか考えられない。

「エイジ君についてです」

案の定だった。

「あのご迷惑でなければ連絡先教えていただけませんか？　お忙しいかとは思いますけど、エイジ君、ここのところずっと不調で、私も心配で……」

本当に心配そうな顔で俯く。そこまで話して僕は思い出していた。

そうだ、二年前のこのくらいの時期にエイジの恋バナの中に出てきた。今はバスケ部のマネージャーと「も」付き合ってると。その後の口ぶりからすぐ別れたようだとわかったが、同じ部内にいるのでは全く気まずくないということはないだろう。それなら、この子はエイジにとって「元カノ」ということになるわけか。

「ラインでよければ。僕で力になるかわかりませんが」

それだけ言って僕らは連絡先を交換した。この先、二人で会うこともあるかもしれない気がした。妃奈さんには一言言っておこう。浮気は死んでもしない。

そうそれから、エイジの不機嫌の理由はおそらく「嫉妬」だ。

5

「兄貴、今日の試合来てただろ？」

「行ったよ。なんで？」

「桜から聞いた」

行ったけどそれがどうかしたの？　という意味での「なんで？」だったのだが、エイジは「なんで知ってるのか？」を答えた。

体育会系の男の胃袋はブラックホールかと思う。特に試合の後は丼で五杯は食べる。バスケするにも何かとお金はかかってるだろうに本当に母さんに申し訳ない。しかも汗臭いユニホームの洗濯は僕の仕事になってしまってる。

「なんで来たんだよ。今まで一度もそんなことなかったろ」

「迷惑だからだよ。家ん中でずっと不機嫌でいられると。解決したいと思った。それだけだ」

はっきり言ってやった。エイジは驚いた後で怒りの感情を露わにした。

「兄貴には関係ねぇー」

「ーわけねぇだろ。一緒に住んでんだぞ。本当なら俺だって一人暮らししたいけどお前は家事の一つもできねぇだろ」

僕は弟に対して怒る時だけ一人称が「俺」になる。そしてエイジは僕に比べて次元が違うほど頭が悪い。

昔からそうだ。エイジは僕のことを散々馬鹿にしてくる。それが僕には痛くも痒くもない。全然、的を射てない中身のない鋭くもない罵倒、愚弄など僕からしたらただの鈍ら刀だ。

「言いたいことはそれだけ？」

それだけ確認すると、さぁ、反撃開始。

エイジはこういうところがよくないよね、それからこういうところも直したほうがいいよ、あと今俺に対して言ったこともさ……。

傷つける気も、論破したい気もない。それでも僕は容赦なく正論を言う。ぐうの音も出ないほどに、説き伏せる。だからエイジは何も反論できなくて手を出してくる。父の血を引いてるのかもと考えると怖くなる。それで僕らの兄弟喧嘩はいつも終わる。

「兄貴はスポーツ経験ねぇだろ。疲れて帰ってきて家事なんてやってる余裕ねぇんだよ」

「ありがとうの一言を言う余裕もないか？　だからお前は嫌われるんだ」

僕も熱くなってきた。言葉が乱雑になる。

正直、僕自身も未熟だと、今ひしひしと感じてる。自分の悩みが膨らみ過ぎて、今エイジに対して怒ってるのは半分以上八つ当たりだ。

「嫌われてるわけじゃ、ねぇ。相手にならねぇんだ」

「お前、個人競技のほうが向いてただろうな」

「バカ野郎。バスケは、大好きなんだよ」

本音を出した。そうなると僕も遠慮がなくなる。核心を突くことにした。

「最上聖也」

エイジの箸を動かす手が止まった。

「何が言いたい？」

「彼だろ？　お前の不機嫌の理由」

エイジは箸を置いた。

「有望な新人の登場でみんながそいつばっかりちやほやする。エースの座も直に奪われるだろう。焦る気持ちはわかるさ。実力も自分より勝るかもしれない。挫折を知ったってとこか」

「黙れ」

「言ったばっかだろ。お前が家でイラついてばっかだと俺にとっても害なんだ。解決したい。俺は別にお前の敵じゃない」

「兄貴にできることなんてねぇよ。これは俺の問題だ」

「助言することはできる。まず、つまらないプライドは捨てろ。大学に行っても、いや、もしかしたら一生、孤立無援だぞ」

「兄貴だってー」

「その反論も聞き飽きた。俺は友達がいないだけだ。味方はたくさんいる。応援してくれる人がたくさんいる」

エイジはもう一度、箸を取って食事を再開した。しばらく黙り込んでしまう。だが僕はこれで話を終わらせるつもりはなかった。

「浅倉桜さん、あの子の存在も大きいんだろ」

「関係ねぇよ。てか、兄貴はどこまで知ってんだ」

「そんなには。半分以上は想像だよ」

あの後、桜ちゃんは自分が一年の頃、二ヶ月だけエイジと交際していたことを打ち明けた。自分は真面目な性格で良くも悪くも平凡な人間だから、エイジ君には物足りなかったんだと思う、と言った。自分で言うのもなんだけど私はマネージャーとして結構みんなから頼りにされてて簡単に辞めるわけにもいかなかった。エイジ君は図太い性格だから私と違って気まずいなんてこれっぽっちも思ってなかったと思う。少しだけ腹が立つ気持ちもあった。そうも言った。

「もう、勘弁してくれよ。兄貴と話してると疲れるんだよ」

エイジは項垂れた。まぁ、そうだろうなと思う。さっきから心を穿つようなことばかり言ってる。エイジは自分を肯定することはできない代わりに今度は僕を否定しにかかってきた。口喧嘩として、一番悪い流れだ。

「妃奈サンとは、どうなんだよ」

僕が今現在の生活の中で、悩みと言ったら妃奈さんのことしかないことをエイジは知っている。だからエイジはそこを突くしかない。

「どう、ってなんだよ。質問が漠然とし過ぎてる」

「上手くいってんのかってことだよ！」

声が大きくなった。自分があれもこれも上手くいってないから。だが、妃奈さんのことを思い浮かべれば、普段は切ない気持ちのほうが強いのに、今は怒りのほうが込み上げてくる。

「話の逸らし方が、卑怯だ」

僕はギリギリ聞こえるくらいの声で呟く。しばらくは二人ともただ睨み合うだけの時間が続いた。

「兄貴と話してるより女といるほうが何倍も面白えんだ。俺だってこんな家に帰ってきたくねぇんだよ」

「お前がもっと素直になればいい」

「こっちのセリフだ」

エイジは丼を持って立ち上がった。まだ食べる気か。僕はもう自室に戻ろうかとも考えた。

「そう言えば、相馬さんて人がこの前、俺に電話してきたぞ」

「お前に？　なんで？」

一応、数少ない身内として連絡先くらいは教えた。まぁ、ほとんど必要ないだろうけどなと言ってたのに。

「兄貴の絵がイマイチ評判良くないんだとよ。読者にじゃなくて。雑誌側が必要ないんじゃないかって話し出してるって」

「聞いてない。そんな話」

僕は頭を強く打たれたようだった。なぜそんな大事な話を相馬さんは自分より先に弟にするのか。

「絵のことは俺は全然詳しくねぇけど、心の乱れがモロに出てるって。君にできることがあればぜひ力になってやってくれって。まぁ、伝えといたぜ」

僕はコップの中の緑茶をぶっかけたい気持ちになっていた。相馬さんは直接言ってしまったら僕がますます傷つくだろうと思ってエイジに言ったんだろう。それをダイレクトに伝言してどうする。自分が弟とは不仲だということ、相馬さんに話しておくべきだった。

「後片付けは自分でしてくれ」

僕は慌てて自分の部屋へ戻った。心臓の音が聞こえる。

雑誌の連載担当を失うかもしれない。冗談じゃない。けっこうな収入源になってるんだよ。母さんになんて言えばいい。

雑誌「サンクチュアリ」は創刊二十年以上になるそこそこの人気雑誌だ。いかにも売れ線な記事は少なく昔からの根強いファンに支えられている。週刊誌としてかなり硬派な部類に入るだろう。

僕がイラストを任せてもらっているのは向井秋さんという主に紀行文を生業とするライターだ。彼の旅の行く先々での出来事を四季折々の花の絵で彩るのが僕の、重要な役目だと思っていた。

必要ない？

僕はスマホに手を伸ばしたが、止めた。妃奈さんに連絡してどうする。僕の問題だ。本当は声だけでも聞いて、慰めてほしかったが、代わりにいつも使ってるスケッチブックに手を伸ばした。パラパラと捲る。練習用とはいえ真剣に描いてる。心の乱れが出てる？　どこに？

「クソッ！」

乱暴にスケッチブックを閉じた。

挫折は、僕も同じじゃないか。

6

それからしばらくは僕も落ち込んでいた。そういう時、悪いことは重なるものだ。

五月の終わり頃、もうすぐ梅雨入りという時期。妃奈さんが珍しく「お茶でもしよう」と言ってきた。

僕らはだいたい都合が合った休日に一日かけてのデートをすることのほうが多い。だから、ただカフェで会うだけというのは珍しい。話がしたいだけなら電話をすることのほうが多いから。

直接話したいことだろうかと考えると、僕はわりと良い話だろうという予感の方を強く持った。そう、体の問題さえなければ僕らは万事順調なんだ。そのはずだった。

「私たち、しばらく会わないようにしましょう」

妃奈さんは結論から言った。

「どうして？」

僕は当然そう答えた。

「あなたのお母さんに会ったの」

妃奈さんは十秒以上は躊躇してからさらに答えた。

「母さんに？　いつ？　どこで？」

予想外の展開だった。母さんからそんな話は聞いていない。

もともと、付き合ってる人がいることは報告していた。でも、直接会わせたことは一度もない。会わせたくなかったわけではない。まだ付き合い始めて一年程度。頃合いを見て紹介すればいいと思っていた。母さんも急かしたりはしなかった。

「お店のほうによくいらしてたみたいで、私の顔くらいは把握してたのかもしれない。別に偵察してたわけじゃないのって言われたけど、たぶんそうなんでしょうね」

ちょっとゴキゲンナナメ？　と感じさせる口調だった。妃奈さんはアイスコーヒーを薄い唇を少し濡らす程度に含む。要するに母さんは自分の息子の彼女と一度、話しておきたかったらしい。

「それも、あなたは交えないで」

妃奈さんはその日のことを、正確に言うと四日前のことを語り始めた。妃奈さんは四日間、一人で悩んでいたんだ。

「あの、すいません」

妃奈さんは後ろから声をかけられたので自然に振り返った。きめ細かな長髪をサラリと揺らして。

「はい？」

後にも先にも見覚えのない五十歳前後と思われる女性。子供の頃から、両親にはあまり似てないと言われてきた。妃奈さんも当然、僕の母親だなどと気づかなかった。

「突然すみません。相沢妃奈さん、ですよね？」

「はい、そうですが」

時刻は午後八時を少し回った辺り、妃奈さんはその日も仕事を終えいつも通り家へ帰るところだった。

お客さんの一人だろうか、何か不手際があったか、妃奈さんはそう考えた。それならなぜ自分の名前など知っているのか。

「剣美恵子といいます。優一郎の母です」

「あっ、どうも……」

単純に驚いただろう。仕事が終わるのを待っていたのだろうか。

「私に、なにか？」

「もしよかったらで構いません。少しだけお話できますか？　近くのファミレスででも」

母さんはそう言ったらしい。妃奈さんの頭の中は疑問符だらけだったが、自分の彼氏の母親の頼みを無下に断るわけにもいかないし、ちょうどいい口実もなかった。

「わかりました。あの、ご挨拶が遅れていてすいません。私、優一郎さんとは一年ほど前から……」

「承知してます」

母さんのほうも少しは緊張していたんだろう。そこでやっと笑ってくれたそうだ。妃奈さんもとりあえず一呼吸して落ち着くことができた。

でも、実際にファミレスに場所を移動し通された席に着くまで、ほとんど会話はできなかった。妃奈さんは別に人見知りはさほどしないし、僕と違って人付き合いが苦手なタイプではないが、もともと口数はかなり少ないほうだ。それでも空気が気まずくならないような配慮は人並み以上にできる。普段なら。

母のほうは、歩きながらする話ではない。そう考えていただけだったのだけれど。

「それで、お話というのは?」

お互い夕食はまだだったので注文は取った。が、妃奈さんはどうにも居たたまれず自分から切り出した。

「息子からあなたの話はよく聞きます。本当に嬉しそうに話しますよ。あぁ、本当に大好きなんだなぁって伝わってきて、私も嬉しく思います」

「はぁ、光栄です」

母さんだけドリンクバーも頼んでいた。一言断ってから取りに行った。その間、妃奈さんもまた一つ呼吸を落ち着けられた。母さんはついでに妃奈さんにお冷やも持ってきた。妃奈さんは礼を言った。

「お花屋さんの店員だって聞いて、ごめんなさいね。一目見ようとお店のほうに何度か伺いました。あぁ、こんな綺麗なお嬢さん、あの子にはもったいないって感じましたよ」

にっこり微笑みながら言う。そこにはなんの他意もなく妃奈さんに対して好感しか持っていなかったのは事実だ。

「そんな……とんでもないです」

妃奈さんは素直に嬉しく思ったという。僕はあまり自分の家族の話をしないから。

「ただ、あの子は母親の私から見ても、なんというかとてもデリケートな子です。きっとあなたには隠してると思うんですが……」

「母さんが何か話したんですか?」

僕は慌てて妃奈さんの話を途中で遮った。妃奈さんがスンと鼻を鳴らした。目が少し潤んでる。

「私たち、似た者同士なんだなってずっと思ってた。父親のことでお互い苦労して、辛い気持ちも、わかり合える関係なんだって。でも、私の自惚れだった」

ついには涙がこぼれた。一筋だけ。妃奈さんは細い指で軽く擦るように拭いた。

「なんで妃奈さんが泣くんですか」

僕も泣きたくなるじゃないか。そう思う。

「私が想像してたよりも、ずっと辛い目にあってたんだね。私なんて全然、優ちゃんに比べたら……」

「比べることじゃないです。妃奈さんだって、本当に辛くて……」

母さんはこう言ったそうだ。

「あなた、あの子の身体を見たことある?」と。

僕の身体には夥しい数の火傷の跡がある。言うまでもなく父親につけられたものだ。

「大したことじゃないです。もう昔の話だし……」

「強がらないで。それとも私には、正直になれない？」

今度は指では拭えないくらいに泣き出してしまった。僕は慌ててハンカチを出そうとしたが、自分のがあるからと遮った。

幼い子供が実の親につけられる傷というのは、一般的に親から愛されて育った人間の想像を絶するほど深い。

妃奈さんが父親から注がれたのは、もちろん卑劣に歪み切った愛情だ。それでもあなたに比べたら、と妃奈さんは言うのだ。

「まず、泣かないで下さい。お願いだから泣かないで」

何よりも言いたいのはそこだった。僕は妃奈さんに泣かれるのが一番悲しい。

「泣きたくもなるよ。本当は今日は怒ってやろうと思ってたけど。優ちゃん、いつも父さんにはいつも酷いこと言われてたとか、あんまり家には帰ってこなかったとかそれしか話してくれなかった。結局、離婚しちゃったって笑いながら言うから、私もそうなんだって笑いながら聞いちゃったじゃない。酷いことしちゃったよ」

どうにか涙を堪えながら必死に訴える。もっと優しくしてあげたかった。そんなに深い心の傷があるなら、打ち明けてほしかった。私にできることがあったらなんでもしたかった。

しばらく、お互いに何も言わなかった。やがて妃奈さんの涙が収まった頃に、僕ははっきりと伝えた。

「妃奈さんの笑顔が一番の薬です。僕はそれだけで過ぎたことなんて忘れられるんです」

「バカ、プレッシャーなの。そういうの。私、そんな聖母みたいな女じゃないよ」

店内には他にも客はたくさんいて、こちらを見ているような気配はなかったが、もし見ていたとしたら僕らは別れ話をしているように見えただろう。

「妃奈さんはなんで花屋になったの？」

「どうしたの？　急に」

本当に急に話を変えてしまった。ただなんとなく唐突に気になったのだ。

花がなければ僕らは出会わなかった。

「花屋になった、だなんて。私はただの店員の一人だよ」

「それでも花屋で働きたかったんでしょう？」

僕は、イラストレーターになりたかったわけじゃない。画家になりたかった。でも、今時そんなふうにただ絵だけで成り立つ商売で生計を立てられる人なんてほぼいないだろう。

だから妃奈さんのお仕事に対する気持ち、少し知りたいと思った。

「好きだから、かな。花が。それだけだよ」

「僕も好きです」

「すごく好きだから、だよ。綺麗でしょ。お米粒みたいな小さな種から、芽を出して、茎が伸びて、綺麗な花が咲くの。女の子の特権かな。綺麗になりたいっていう気持ちは。花のように純粋に美しく。憧れるのよ」

予想外の答えではなかった。具体的にどんな答えを予想していたというわけではないけど、花が好きな人ってだいたいそんな気持ちだろう。

「でも思うの。花が純粋だなんて誰にわかるのかって。そもそも植物に感情なんてある？　無いっていうのも人間の思い込みかもしれないけど」

ちょっと予想外の言葉が出てきた。妃奈さんらしくない、ちょっと棘のある言い方だったから。

「だからかな。優ちゃんの絵はすごく好きなの。花が泣いたり笑ったりしてるように見える。上手く言えないけど。ううん、ごめん。言葉にできないから絵にするんだよね」

「僕は、でも……」

雑誌の仕事を失うかもしれない話はしないでおこう。ただ、妃奈さんは僕の絵の変化は感じ取っていないらしい。それはそうだ。自分でもわかってないんだから。

「話が逸れちゃったね。私、優ちゃんと少し離れてみたいの。一ヶ月ってとこかな」

「どうして?」

「あなたに甘えてる自分がイヤなの。自分が本当に、そんなに愛してもらえるような人間なのかわからなくなる。離れてみてもあなたの心が変わらないかどうか……」

沈黙、というよりは静寂。妃奈さんは僕を試しているの?

「スターチスって知ってる?」

「花の名前かなにかですか?」

「そう、私が一番好きな花」

今までずっと伏し目がちだった妃奈さんがそこで真っ直ぐに僕を見つめてきた。僕は状況もわきまえず単純にドキッとした。付き合って一年以上経つのに、僕は根本的にシャイだ。

「スターチスの絵を描いてほしいの。お願い」

「いいですけど、どうして？」

僕の疑問には直接答えず、続けた。

「とても綺麗な花だよ。そんなに有名ではないけど。ドライにしても色褪せないからドライフラワーにするのが人気でね」

「はい」

僕は相槌しか打てなかった。妃奈さんの言葉の真意がわからない。

「でも一番好きな理由はね。花言葉が『変わらぬ心』っていうの。素敵でしょ」

妃奈さんが、今日やっといつものように笑ってくれた。僕は目を細めてしまう。

「私の身体は、心は、かな？　どっちだかもうわからないけど、このまま変わらないかもしれない。それでも、あなたの心はずっと変わらないでいてくれる？」

それが核心だった。やっと見せてくれた微笑みに再び伝う涙が僕の目に悲しいほど愛しい。

「はい、って答える代わりに絵を描いてほしいんですね？　大丈夫です。今までで一番ってくらい、綺麗な花を描いてきます」

妃奈さんはもう涙を拭おうとしなかった。やがて、静かに僕のキャッチコピーを呟く。誰が考えたのか、シンプルだけど僕は気に入っている。

「ありがとう。花の絵を描く人、剣優一郎さん」

第二章　守るために強くなりたい

1

母さんには特に問い詰めたりはしなかった。母さんの真意はわからなかったけど、わかりたいとも思わなかった。ただきっと予め言っておかなければ、妃奈さんがびっくりすると思ったんだろう。それくらい僕の身体は凄惨極まりない。自分でもなるべく鏡は見ないようにしてるくらいだ。

妃奈さんと最後に会ってから二週間が経っていた。その間、相馬さんとは何度か顔を合わせた。サンクチュアリのイラスト担当の件、とりあえず降ろされるということはないそうだ。向井さんの連載が好評だから、急にイラストが無くなってしまったら却ってイメージダウンになる。なんだなんだ何かあったのか、と読者に勘繰られるのはあまり好ましくない。

更にその間、僕は花屋でスターチスを買った。妃奈さんのお店以外で買うのはひさしぶりだった。色はいくつかあったが紫にした。妃奈さんが一番好きな花というからなんとなく僕も気に入った。

絵を描き終えたら、言ってた通りドライフラワーにしようと思う。

それでも、なかなか着手できずにいた。

別に、妃奈さんとは二週間程度会わないことは今までにも珍しくなかった。僕は日々どんな時も妃奈さんのことを想ってるし、直接会わなくてもラインや電話はマメにしていたから。会いたいなぁとぼんやり思いながら次に会ったら何から話そうか、そんなことを考える。僕はそれだけで恍惚とした気持ちになる。

でも、今は違う。不安でいっぱいになる。僕の気持ちは妃奈さんにちゃんと届くだろうか。僕の気持ちは本物だろうか。

今さらだが、妃奈さんは僕の初恋ではない。中学二年生の頃、物凄く美人の音楽の先生に夢中になった。たぶんあれが僕の初恋だ。

僕はメンクイなんだろうか。妃奈さんの見てくれだけに惚れたわけではないと、決してそんなわけではないと断言できるだろうか。

できる。二秒ほど考えただけでそう思えた。そうでなければこんなに悩んでない。

そんなことを考えていたらスマホが鳴った。名前を見て少し驚く。浅倉桜。ラインの中身を見て更に驚く。

——今度の日曜に少しだけでいいのでお時間いただけませんか？　お話したいことがありますー
梅雨真っ只中だが、その日は少し曇っている程度のいい天気だった。鞄の中に折り畳み傘は入れてるがこのまま降らなければいいなと思う。

自分はかなり慎重派なので待ち合わせ十五分前には着いていたが、桜ちゃんも十分前には着いた。

「すいません、お待たせしちゃって」

「いや、僕が早すぎただけだから」

僕の家からは電車で十分ほど、桐沢高校の生徒はよく利用するファミレスに入った。僕も友達がいなかったとはいえ美術部のメンバーで一度や二度は入ったことがある。それだけのことでも一応、懐かしくは思う。

「それで話っていうのは？」

二人とも注文し終わると前置きに天気の話でも挟もうかとも思ったが、省略してすぐに切り出した。

僕はあまり休日に人と会わない。会うとしたら妃奈さんとのデートくらいだが今はそれもない。

相馬さんと会うのはだいたい平日の夜に居酒屋が多いから、女の子とランチなんてかなり新鮮な感じだった。

「お察しと思いますけど、エイジ君のことです。エイジ君、最近、練習中も上の空って感じで、普段からプレー中のミスも多くなって、なにより気になるのは練習が終わるとすぐに帰っちゃうことが多くなったんです。以前は誰よりも遅くまで残って練習しているような人だったのに」

桜ちゃんは深刻そのものな表情で語る。エイジは今でも紛れもなくレギュラーの選手。それは変わらない事実だ。そんな彼が絶不調で練習も真剣さに欠けるとあらばチームとしても大問題だろう。

「エイジとは僕もよく話すよ。正直、仲は良くないいんだけどね。原因は新入生でしょう？　最上聖也君。彼でしょう？」

「ご存知なんですか。それなら話が早いです」

正直、それほど詳しくは知らない。最上聖也という人間について。エイジは意地張って語ろうとしない。

「どんな人なの？　最上君て」

「普段はおとなしい人です。いつも涼し気な顔してる。プレーもそんなにガッツ溢れるってっ感じじゃなくて。そこもエイジ君には気に食わないんだと思う。でも、努力の人なんです。毎日朝早くから体育館に来て、夜も一番遅くまで練習してる。真面目で謙虚な人です。そういうところ、私はすごく好き」

そこまで言って桜ちゃんはハッとした。何も言ってないのに顔を赤くする。

「あ、好きって言ってもそういう意味じゃなくて！　選手として尊敬するっていう意味です！　はい！」

ブンブンと手を振りながら慌てふためく桜ちゃんを見て僕は笑ってしまう。それにしても予想外だった。最上聖也という男、もっといけ好かないやつを想像していた。それならエイジが腹を立てるのも納得しやすい。彼がいいやつとなるとやはり周りの部員からも好かれているのだろうか。あぁ、だとしたらそっちのほうがエイジには気に食わないかと僕は考えを巡らす。

「それで僕にもあいつが本調子を取り戻せるように協力してほしいってことなのかな。要するに」

「そういうことになります」

桜ちゃんは真面目そのものの顔で言う。その目からは個人としてエイジをどう思っているのか窺えない。あくまでもバスケ部のマネージャーとしてのお願い。

言われるまでもなく、兄として弟の力になりたいとは思っている。もちろんそれは優しさからではなく明らかに弟への「もっと大人になれ」という厳しさからだ。ただ、それもこの子に会ってからは桐沢高校バスケ部のためという大義名分も加わっていた。

「僕ももちろん協力はしたいよ。あいつからバスケ取ったら何も残らないだろうに、なんだか、今にもバスケ辞めるとか言い出しかねない様子だから」

「そうなんですか！」

桜ちゃんは血相を変えて身を乗り出してきた。それまでは背もたれに寄りかかり気味だったのに。僕も少し圧倒される。

「学校ではどんな様子か知らないけど、家ではずっと塞ぎ込んでるよ。どんな時だって威勢だけはいいやつだったんだけどね」

「そうですか。学校では、部活中以外は元気そうなんですけど。私はクラス違うんですけど同じクラスの子が言うには」

エイジは、あまり素行のいい生徒ではない。中学の頃はいじめの加害者として、母さんが学校に呼び出されたこともある。他校の生徒と喧嘩して、さすがに警察沙汰にまではならなかったが両校交えて、かなり大きな問題になったこともある。

今まで、僕はエイジのことを何も考えていない馬鹿だと思っていた。それが、少し認識を改め始めている。きっと、あいつなりに悩んでいる。

よく悩みのない人間なんていないというが、程度の差は人によって次元が違うほどあると思う。そもそもただ「いやだなぁ」と「嘆く」ことと「悩む」ということは全く違う。問題や困りごとに対してどうすればいいか具体的に「考える」ことはもっと違う。たぶんエイジは「悩んでいる」。

頭が悪いからその解決策を何も考えられていない状態だ。

「お兄さんは、お付き合いしてる人とかいるんですか？」

「は？」

唐突すぎる質問にもちろん驚いた。ただ驚きはしたが、僕はすぐに当然のように「いるよ」と答える。

「これ、私のお母さんからもらったんですけどもしよかったら使ってくれませんか？　私は、絵のこととかよくわからないし」

そう言って桜ちゃんがテーブルの上にそっと置いたのは何かのチケットのようだった。

「美術館？　何かの絵画展？」

僕は二枚並べられたうちの一枚を手に取った。

「二枚あるんで。彼女さんとぜひ」

「くれるって言うならもらうけど。うん、ありがとう」

嬉しいとは思ったが、正直、困った。妃奈さんとはしばらく会えないし、かと言ってどうやらチケットの利用可能期間は短い。というか今はエイジの話をもう少ししたい。

「お兄さんは、花の絵しか描かれないんですよね？　どうしてなんですか？」

「よく聞かれるんだけど、なるべく秘密にしてるんだ」

「エイジ君にも？」

「いや、あいつは知ってる。僕が自分から話したわけじゃないけど、あいつは僕のことをよく知ってる」

事実だ。良くも悪くも僕ら兄弟はお互いを深く理解している。

「花って私も好きなんです。女の子はみんな綺麗なものが好きだから」

妃奈さんと同じようなことを言うなと思う。

「私、名字が浅倉なのにお母さんがどうしても桜って名前にしたいって言って。おばあちゃんとかは一生からかわれるぞって反対したらしいけど。一生とは何よって思います。私だって結婚くらいしたら名字は変わりますよ」

「どうして、そんなに桜って名付けたかったの？」

たぶんこの子は、自分とは違って説明したがってる。そう感じたから僕はストレートに聞いた。

「私、三月二十日生まれなんです。もうすぐで桜が咲く。そういう季節に生まれてきたんですよ」

「そうなんだ。なんか希望に満ちてる感じだね」

「私もそう思います。でも、それだけが理由じゃなくて。お父さんとお母さん、高校の同級生だったんです。ずっと仲のいいお友達って感じだったんだけど、卒業式の日、お父さんが告白したんだって。満開の桜の木の下で。お母さん、すっごくびっくりしたらしいけど、本当はすっごく嬉しかったって。それから毎年春になったら桜を見るのが大好きになったって」

「それで自分の子に桜って名前を？」

「はい」

春の木漏れ日のように穏やかに笑う。なんとなく妃奈さんに似てる。

「桜ちゃんは、今は彼氏とかいるの？」

「いいえ」

なんとなく、想像してみた。この子の心の内。きっとこの子は……。

「僕は今、彼女と喧嘩中なんだ」

「え、そうなんですか？」

言葉が適切でないのは嘘とは言わない。なんだか話しやすくて僕は思い切っていってしまった。別に後悔はしない。

「美術館、よかったら一緒に付き合ってくれないかな？　一人で行くのは好きじゃないんだ」

桜ちゃんは目を丸くした。でも、何も言わず承諾してくれた。正直、私も行きたかったんですと言って。

2

「わー、美術館てこんな感じなんですね。私、初めてなんですよ。って、あんまりしゃべると怒られますか？」

桜ちゃんはまるで小学生の女の子のように純真無垢そのものの表情を見せる。僕はなんだかお兄さんになったような気分だった。というか本当にエイジのような憎たらしい弟よりこんな可愛い妹がいたらよかったのにと思う。

「常識の範囲内の声量なら誰も気にしないよ。僕も妃奈さんと初めて来た時ははしゃいじゃったから」

自分の彼女の名前が「妃奈」ということは一応、伝えておいた。「可愛らしいお名前ですね」と言ってくれた。

今日、桜ちゃんと「おデート」することは妃奈さんには伝えていない。ばれる可能性などほぼほぼないのに徒に不安にさせることもない。ただ、今度会う時には「弟の元カノと最近親しくなった」ということくらいは報告しようと思う。異性とはいえ僕に友達が増えたらきっと妃奈さんとしても喜ばしい気持ちのほうが強い。

それで、絵画展に来たはいいが、僕はあんまり何々派だとかそういう知識的なことには詳しくない。世の中には絵そのものよりも美術史とかそういうことに詳しかったりそういうことを学ぶことが好きな人も少なくないのだろうが、僕は絵は単純になんの予備知識もなくあるがままを鑑賞するほうが好きだ。

それは桜ちゃんも同じなんだろう。中学の頃、美術の筆記テストというとやたらと教科書に載っている絵のタイトルと作者名を暗記させられた。それが不快だったと。気持ちはわかる。歴史の用語や年号は覚えることには意味はあるんだとなんとなくでもわかる。でも、絵の作者題名暗記はどう考えても無意味だ。それよりは絵を観てその感想文でも書かせるほうがよっぽどいいだろう。

入館してしばらくははしゃいでいた桜ちゃんだったが、今はただ黙々と絵を観ている。正直、もう飽きてしまったのかとも思ったが、どうやらそうではないようだ。あくまでも真剣に観ている。僕もただひたすら絵と対峙する。至福の時と言える。物によっては数百年以上前に描かれた作品だってあるはずだ。それが時代を超え、国境を越え、僕、剣優一郎という人間の心に響いている。

奇跡と言っていいことだ。筆と絵の具と紙だけで起こす奇跡。

かなり広い美術館だった。一時間ほど周っても全ては見切れていない。時刻は十一時半といったところ。

「疲れてきてない？　僕は正直、お腹空いてきた」

「よく言ってくれました。私も正直……」

僕らは少し早いが館内のレストランに入った。さっきから、はたから見たらカップルに見えるだろうと僕は考えていた。

妃奈さんと出会い恋に落ちたことを後悔したことなどただの一度もなかった。でももしも、ある日突然、魔法使いが現れて、妃奈さんのことを自分の記憶から綺麗さっぱり消してしまえる魔法をかけてくれると言うなら僕は少しだけ悩んでしまうかもしれない。

「剣は二十歳と思えないくらい社会的に高い地位だって持ってて、見た目だって人並み以上にいいんだ。もっと普通に安心して付き合える相手だって十分探せるんだ。そのことは忘れるなよ」

以前に相馬さんに言われたことがある。僕はその時なんて返したか覚えていない。

妃奈さんと会わなくなって、思っていた以上にへっちゃらな自分に戸惑っている。たぶん約束の一ヶ月が経てばまた会えるという安心感があるからだろう。でも、もし妃奈さんの気持ちはそうでなかったら？　再会の時、本当の別れは持ちかけられたら？　あっさり受け入れてしまうかもしれない自分が怖い。高校一年、多感な時期に出会いずっと抱いてきた想いが実はそれほど大したものではなかったとしたら？

「お兄さんは、妃奈さんとは結婚とか考えてるんですか？」

それぞれカレーとパスタを食べながら、唐突に桜ちゃんが尋ねてきた。別に話題に困って仕方なくという感じではなかった。純粋に好奇心からだろう。恋愛や結婚に興味関心があるのは十七歳の女の子として自然なことだ。

「まだ早いと思うけど、できたらいいなって思ってる。でもまだ僕も二十歳だし、他にもいろいろあって……」

また悪い癖が出た。いろいろとか余計なことを言うな。桜ちゃんは深く詮索してきたりしなかったが。

「私、今でもエイジ君のことは嫌いじゃないんです」

「そうなんだろうね」

口ぶりや態度から見当はついていた。ただマネージャーとしてチームのために、というだけでなくこの子がエイジのことを案じていること。

「はっきり好きと言っちゃってもいいんじゃない？」

お節介とも思ったが、僕はもう一押ししてしまった。桜ちゃんは少し頬を赤らめた。

「お兄さんには嘘は吐けそうにないですね」

パスタで少し汚れた唇をナプキンで拭きながらそう言う。なんだかお互いに同じ気持ちになっている感じがする。よき相談相手になれるかもしれない。

「二年前、私のほうから告白して、でも半年もたずに私のほうが思いっ切り振られました。友達からはあんなやつ別れて正解だよ。女なんて暇つぶしくらいにしか思ってないんだからとか、一回やっただけで捨てられた子だっているんだよとか散々言われて。その子たちからしたら慰めてるつもりだったんだろうけど、私は全然嬉しくなかった」

「あいつはそんなに悪いやつじゃないよ」と言ってほしいだろうから、僕はそのままそう言った。

「さっきゴッホの絵、ありましたよね。何かのインタビューで読みました。お兄さんはゴッホが一番好きな画家だって」

「あぁ、そうだね。よく知ってるね」

別にいろんなところで公言しているというほどではない。ただ、二度や三度はそう答えたと記憶している。「好きな画家は誰ですか?」と質問された時に。

「芸術家って変わり者が多いってイメージあるけどお兄さんはちゃんと誠実な人なんですね。なんだか安心します」

「ゴッホは特に狂気の人っていうイメージがあるからね。偏屈っていう意味で言ったらむしろ僕よりエイジのほうがそうかもね」

「ゴッホって自分で耳切っちゃったって話が有名ですけど、あれって片耳丸ごとバッサリ切ったわけじゃないんですよね？　そんなことしたらまず間違いなく死んじゃいますよね」

「耳たぶの端っこを少し切っただけだよ。要するに自傷行為、リストカットなんかの延長線上だよ。十分、理解はできる」

「できちゃうんですか！　私はさっぱりですけど。やっぱり同じ絵描きさんは違うなぁ」

それからしばらくエイジの話からは逸れてゴッホを中心に絵について語り合った。もちろん桜ちゃんは僕ほど絵に詳しくはない。でもそこそこ好きなんだってことは伝わってきた。僕の話を興味津々な様子で聞いてくれる。

なんだか打ち明けたくなってきた。一人で溜め込むのはよくないし、日頃から相馬さんしか相談相手のいない僕としてはいろんな人の意見が必要だ。特に女性の意見は。

「僕の彼女は花屋なんです」

急に丁寧語になってしまった。癖だ。真剣な話をする時の。桜ちゃんはちょっとなんとも言えない顔をしたけど、特に何も言わずに僕が続けるのを待った。

「僕はずっと一人ぼっちでした。子供の頃から人と関わることが苦手で、ずっと逃げ続けてきました」

「なんで敬語になるんですか？」

やっと突っ込んできた。軽く微笑みながら。空気が重くならないように配慮だろう。

「ううん。本来なら敬語で話すべきだったと思う。二つしか違わないんだし。僕は女性には弱いタイプだし」

それは関係ないかとも思ったが、桜ちゃんはクスっと笑った。

「妃奈さんを初めて見た時からずっと憧れてたんだと思う。あとになって知ったことだけど、彼女もあまり大勢で騒がしくするのは好きじゃなくて。親しい友達って言ったら片手で数えられるくらいだって。でも、僕なんかよりずっと深い傷を持ってた」

話を端折りすぎてるかもしれない。ただ、今この場でそんなに僕らの関係性について詳しくこの子に理解してほしいとは思っていなかった。なんとなく僕が悩んでることを感じ取ってほしかった。恥ずかしながら、よりにもよって弟の元カノに慰めてほしいと思っている自分がいる。

「深い傷……ですか？」

当然、疑問に感じるだろうが、妃奈さんにとっては気軽に言いふらしてほしくなどない秘密だろう。でも、この子にだったら話してもいい気がしてきた。同じ女性として、そうだ、なんだったらいっそのこと妃奈さんと会わせてみてもいいかもしれないなとすら感じる。

「子供の頃にすごく悲しい経験をしててね。正直に言ってそれは僕も同じで。妃奈さんとはもう一年以上付き合ってるんだけど、まだ手も繋いだことないんだ」

桜ちゃんはお冷を吹き出しそうになる。だから話を端折りすぎだよ俺、と思う。聞いてるほうは何がなんだかわからないだろう。

「えと、よくわからないですけど、シャイなんですか？　お二人とも」

最大限、言葉を選んで話してくれる。それでいて次の瞬間には爆弾発言。

「私は、その、エイジ君がすごく強引だったから付き合い始めて一月でもうー」

今度は僕のほうが、こちらは本当に吹き出した。二人して慌てる。桜ちゃんは自分で言っといて真っ赤になってる。これだけ真っ赤になるということは「もうー」の続きはキス程度ではないと察せる。

「絵、絵、絵、の話しましょう！　せっかく美術館来てるんだし！　お兄さんが花が好きなのってやっぱり彼女さんの影響なんですか？」

中途半端に打ち明けてるうちに結局ばれてしまった。もう隠す理由はない。

「妃奈さんに会いたい一心で花屋に通い続けた。今思うとストーカーだよね」

「そんなことないですよ。純愛って感じですね。憧れちゃいます」

純愛——かぁ、と僕は思う。プラトニックラブが必ずしも純愛とは言えないと思う。別に性行為は決して穢れたことなどではないのだから。本来なら。

「お兄さんは何か、夢とかあるんですか?」

「夢?」

恋バナした次は将来の夢とは修学旅行の夜みたいな話題のチョイスだ。自分は語り合う友達などいなくてさっさと寝てしまうクチだったけど。

「具体的にはない。もっと絵が上手くなりたい。その先にあるのが何かは僕にはわからない」

「なるほど」

まだ二十才でこれからいくらでも人生の選択肢はある。ひょっとしたら絵とは全く関係ない道を選び直すことだってあるだろう。それくらい絵描きなど、決して生涯安定とは言えない職業だ。

自分の画力にだって、本当は自信などない。

「私も将来のこと全然わかんないです。なりたいものはあるんですけど」

「何？」

「保育士さんです！」

目を輝かせて言う。イメージそのまんま過ぎて笑ってしまった。

それからさらに一時間ほどかけて全館、観て回った。まだ昼間と言っていい時間だったが、そこで解散にした。

今、自分が抱えている悩みについて、特に答えは出なかった。でも、収穫はあったと思う。なにより楽しかった。

負の感情を絵にぶつけるのは好きじゃない。できるだけいい精神状態のうちに妃奈さんとの約束を果たしてしまおうと思った。

エイジにも母さんにも絶対に邪魔しないでと念押ししてから部屋に閉じこもり、僕はスターチスの絵を五時間かけて描き上げた。

約束するよ、妃奈さん。僕の心は決して変わらない。どんな時も、冬になれば雪が降るように。

春が来れば桜が咲くように。

3

「うん、本当に久しぶりに感じる。たかだか一ヶ月なのにね」

「毎日毎日、ずっと妃奈さんのことばかり考えてました」

「ありがとう」

電話で話しているだけなのに、泣けてくるくらい嬉しい。早く会いたくて会いたくてしょうがない。

「じゃあ十二時に改札前集合でいいかな?」

「はい、楽しみにしてます」

「うん、私も。じゃあ、お休み」

「お休みなさい」

余韻を少し残しつつ、電話を切った。

一ヶ月ぶりのデートは僕らとしては珍しく街をぶらつくタイプにした。僕も妃奈さんも単純に「疲れるから」という理由でそういうデートは好きでない。ただ、今回はぶらつきながらいろいろ話したいことがあった。

「何にやけてんだよ」

寝る前にトイレに行こうと部屋から出た途端に廊下にいたエイジから突っ込まれた。顔に出ていたらしい。

「妃奈さんとひさしぶりにデートする」

「ん？　珍しいな。兄貴が馬鹿正直に答えるの」

「俺がにやける理由なんてそれくらいしかないから」

「つまんねぇ男」

「うるせ」

もう七月に入っていた。バスケ部はもうすぐインターハイの予選に突入する。

「お前のほうはどうなんだよ。あんまりしけた面してるなよ。一応、レギュラーなことには変わりないんだろ？」

「一応どころじゃねぇ。俺はエースだ」

「そう、自信持っていけよ」

自然に応援の言葉が出た。エイジも意外そうな顔をする。僕もどうやら機嫌がいいようだ。気分屋ではた迷惑なのは兄弟で似た者同士だ。

「そういうわけだから明日は昼ご飯は自分でなんとかしろ」

「おう」

それだけ言ってお互いお休みも言わずに寝床に就いた。暑い季節になってきたためか最近は寝つきが悪い日が多かったが、その日はよく眠れた。

お天道様の馬鹿野郎と思った。梅雨は明けたと思っていたのに朝から雨模様。まぁ、小雨だから傘を差せば足元も汚れない程度。これもある種、風情があると思えるかもしれない。

横浜。デートコースとしては定番だろう。もちろん中華街とかみなとみらいとか水族館とか何度も使ったことはある。

電車内ではずっと落ち着かなかった。鞄の中には約束の絵が入っている。折ったり丸めたりしたくなかったので大きめの鞄を選ぶことになった。どのタイミングで渡すか測りかねてる。妃奈さんがその話題を出した時だろうか。そもそも再会の瞬間、何から話そう。

あまり考えすぎないほうがいい。自然体で行こう。そうは言っても考えすぎるのは僕の物心ついてからの習い性だ。

ホームから改札へ向かう途中で僕はもう妃奈さんを見つけていた。珍しく僕のほうが遅かった。一度、怒られ……とまではいかなくても窘められたことがある。いっつも早く来過ぎ！申し訳なくなっちゃうでしょ！と。それ以来、せいぜい十分前到着を意識してる。

紺色、半袖のワンピース。妃奈さんは、付き合いたての頃はいつも身体のラインがはっきり出ない服を着ていることが多かった。アイカさんが言うには今までの男はそれで、開けっ広げな言い方をすれば「ムラムラ」してしまうことが多かったらしい。僕が特に気にしないということがわかってからは妃奈さんも自由に着たい服を着るようになった。流石に露出度の高い服は着ないが、そもそも妃奈さん自身も好きでないのだろう。

妃奈さんのほうも僕に気づいたらしい。表情までは見えないが、可愛らしく手を振ってくれた。それだけで、少なくとも妃奈さんの側に気まずさとかマイナスの感情はないとわかる。

「お久しぶりです」

「うん」

自分の彼女の笑顔が見れるだけで嬉しいのは男として自然な心理と言っていいのだろうか。エイジなんかからすればそんなのは付き合ってるなら慣れっこなことですぐに飽きると言われそうだが。

「行こうか」

「はい」

ここで普通のカップルなら手ぐらいは繋ぐ。人によっては腕を組むまで行く場合もあるだろう。僕らにとってはお互いが触れ合わない十センチの距離が最接近だ。それでもドキドキしてしまう僕は中学生男子か。

今朝はお天道様に文句言ってしまったが駅構外に出た時には既にやんでいた。傘はお荷物になってしまうだろうか。また降ってくることもあるか。

「元気だった?」

「はい、特に変わりなく」

「そっか、私も」

穏やかに語らいながら僕たちはのんびりと歩く。

せっかくのぶらつきデートだからお昼は食べ歩きにしちゃおうと提案されたので僕は賛成した。

基本的に僕は妃奈さんに奢らない。お母さんが昔から厳しい人だったらしい。お金に関しても貸し借りはもちろん奢り奢られは言語道断。他にも勉強についてなんかもかなり口を酸っぱくして言われてきたらしい。

僕のほうも男としてプライドがあったが、そのぶんは誕生日やクリスマスのプレゼントを少し奮発して帳尻を合わせればいいと考えている。

「ねぇ、妃――」

「あそこ、面白そうじゃない？」

この一ヶ月間、どんなふうにすごしていたか、聞こうとしたが遮られた。代わりに妃奈さんが指さしていたのはなにやら怪しげというか如何とも形容しがたい建物だった。

「手相占い？」

「入ってみようか？」

今日の妃奈さんはなんだか上機嫌に見える。喜ばしいことだが、なんだか空元気のようにも見えるのは僕の杞憂だろうか。

とか考えているうちに妃奈さんはもうその「館」のほうに向かっていた。僕は別に占いとか特に信じても疑ってもいないが、決して嫌いではないのでついていく。

中は外から見るより狭かった。というか家具や装飾品が多すぎて狭く感じる。演出はばっちりだ。

「いらっしゃい」とも言わない店主と思われる婦人は寝てるようにすら見えた。なんだか不安になってきたが、妃奈さんはドアを閉めてしまったので引き返せない。

「おやおや、お客さんとは久しぶりだねぇ」

本当に今起きたのか、今気が付いたのかという印象だった。そして、久しぶりの客なのか。流行ってないのか。

「まぁ、座りなさいよ。カップルさんかい？　嬉しいねぇ。特別に安くしとくよ」

「はぁ、よろしくお願いします」

僕が軽く挨拶すると妃奈さんも恐る恐る頭を下げた。

ちなみに以前に妃奈さんと二人で姓名判断なら受けたことがある。その時はどう考えてもご機嫌取りだろうとしか思えないほど褒めちぎられた。最高の相性、一生順風満帆間違いなし、と。おべんちゃらとわかってても、まんまと嬉しかった。だが今回はどうやら違った。

「むっ！」

「「えっ！」」

急に怪訝そうな声を出した婦人に対して二人でハモってしまった。

とりあえず二人ともまず両手を差し出した。それで全体運がわかるというから。その時点でこの険しい顔。僕らはもちろん不安になる。

二十秒ほど気まずい沈黙。既にこの店に入ったことを後悔し始めていた。更にこの占い師はとんでもないことを言い出した。

「悪いことは言わない。あんたらすぐに別れたほうがいいよ」

「「ええっ！」」

二人してあまりにも驚いて大きな声を出したので占い師のほうも驚いてしまった。そして次の瞬間にはまた沈黙。完全に絶句してしまった。

「君、彼氏さんのほう、お名前は？」

「はぁ、剣と申します」

「剣君ね。彼女さんのほうは？」

「はぁ、相沢と申します」

「相沢さんね」

要領を得ないやり取りだと思う。同時にそう言えば妃奈さんの名字って相沢なんだっけとふと思った。

「それで……」

なかなかいきなりの爆弾発言の説明を始めない婦人に妃奈さんが恐る恐る詰め寄る。婦人はなんで焦らすのと思うくらい勿体ぶってようやく話し始めた。

「相沢さん、あなた、剣君に何か隠し事してるでしょ?」

「えっ?」

婦人の声はあまり厳しいものではなかった。

それでも僕にはショッキングだった。妃奈さんはあまり表情は変えないが口元を手で覆い明らかに動揺した素振りだった。

「そうなの?　妃奈さん」

普段から敬語とは言え、そこは仲のいい恋人同士、時々はタメ口になることもある。でもそれは会話が盛り上がってテンションが上がった時とかの話で、こんなふうに不安げな「そうなの?」は初めてだった。

「隠し事なんて、ないですよ」

「そう、話したくないことなのね」

婦人は自分の診断を翻す気はないらしい。だからと言って妃奈さんのほうにも怒る素振りはない。ということはこの人は少なくとも的外れなことは言っていないということ。失礼なことを言っていると感じれば少しは怒るはずだ。

「どうなの？　妃奈さん」

明らかに妃奈さんは困っている。板挟みの状態だ。

「あれかな。まだ優ちゃんには話してなかったけど、最近、実家で飼ってた犬が死んじゃったって」

妃奈さんはやんわりとした口調で言う。そうなの？　と思うことだが占い師が鋭く指摘するほどのことではない。

「パミちゃん死んじゃったんですか？　それはそれは……」

「まぁ、十五年以上飼ってたからね。大往生だよ」

「お二人さん、そんな話ではないよ」

妃奈さんが話をはぐらかそうとしてるだけということは僕にもわかる。だが、婦人は容赦なく問い詰める。僕はもう退場しようかと考えていた。これ以上ここにいてもろくなことを言われなそうだし、妃奈さんに隠し事があったってそれがどうした。僕だってまだ桜ちゃんのことを隠してる。

「ワンちゃんが亡くなられたかい。それはそれは。悪いことは重なるものだね」

「さっきから何が言いたいんですか！　回りくどいこと言ってないでさっさと本題だけ言って終わらせて下さいよ！」

思わず大きな声を出してしまった。流石に婦人も観念したらしい。望み通り本題を話し始めてくれた。

「相沢さん、あなたの近くに男の影が見えるよ。決して悪い男じゃないね。でも、あなたにとって味方とは言いにくいね」

「男？　どういうことですか？」

妃奈さんに言ったわけではない。あくまでもこの易者に対して言っている。どうやら妃奈さんが浮気しているという意味ではないようだが。

「剣君、気を付けたほうがいい。彼女さんの身に良くないことが降りかかるよ。そう遠くないうちにね」

婦人は僕を険しい眼差しで見つめていたが、怖がっていたのは妃奈さんのほうだ。女性にとって良くないこと、それも男の影と言えば身の毛もよだつような想像をしてしまっても無理はない。

「剣君、君は彼女さんを守れるかい？　自信がないなら別れたほうがいい。君まで傷つくことになるよ」

「具体的に、言ってもらえますか？　納得できるわけがないでしょう」

「ライバルが現れるってことだよ。強敵だよ。目的のためなら手段を選ばないような、ね」

「ライバルって。そうなんですか？　妃奈さん」

「そんな……。私、知らないよ。本当になんにも」

「嘘を吐くなんてよくないね。所詮、その程度のカップルなんだね」

「……妃奈さん、出ましょう」

我慢の限界だ。流石に今の発言は許せない。たとえ妃奈さんが嘘を吐いてたとしても僕なら許せる。そうするだけの理由があるんだ。

僕が鞄を手に取ってさっさと出入り口のほうに引き返そうとすると妃奈さんは慌てた。

「あの、お金は？」

「いらないよ。私は途中で出ていくような無礼な客を客と思わないからね」

「ン、っし！　失礼します」

僕らはさっさとその「館」から離れた。別に走ったわけではないのに心なし呼吸が乱れていた。

お互いにどんな心情か察せないがしばらく無言で見つめ合う。

「なんなの。あの人」

「ちょっとおかしいんですよ。全然、繁盛してる様子でもないし」

「そうだよね。気にすることないよね」

そう、全く気にしなければいい。そう自分に言い聞かせるが、実際のところかなり気になってる。

「このあと、どうします？」

すっかり興が冷めてしまった。いっそのことカラオケにでも行くか？　二人とも人並み程度には好きなので時々は行く。でも、僕はなんだか今日はただ楽しむためだけのデートではいけないような気持ちになっていた。

「ちょっと喫茶店にでも入ろう。少しゆっくりしたい」

僕は反対しなかった。

「約束してたもの、渡します」

かなり高級なカフェに入った。コーヒーだけで八百円取られるような。そのくらい長居する覚悟だったから。

「スターチス?」

「はい、自分でも満足なものが描けました」

正直、邪魔と感じ始めていたデカい鞄から慎重に絵を取り出す。コーヒーは隅にどけておいた。

「綺麗、素敵ね」

テーブルに広げるなり、妃奈さんはそう言ってくれた。率直に言って、嬉しい。ただ……。

妃奈さんは「お世辞と思われるのがイヤだから」と言って僕の絵を「ノーリーズン」で褒めることはしない。どういうところが好きか細かく感想を言ってくる。

でもしばらく待ってもそういう言葉が出てこない。何か考え込んでいる。

やっぱり占いの件を気にしているのだろうか。

「あ、ごめんね。黙っちゃって」

「いや、僕のほうこそ」

家に帰ってからじっくり観て、感想もちゃんと伝えると約束して妃奈さんはとりあえず絵をしまった。妃奈さんのほうもかなり大きめの紙袋を持参していた。準備がいい。

「さっきの話だけど……」

妃奈さんはぽつりと呟く。

全然関係ないけど妃奈さんはブラックコーヒーが飲めない。こんだけ大人びたルックスと性格からはちょっとギャップがある。砂糖もミルクも僕の倍以上入れる。本当に全然関係ないけど。

「ごめんね、赤の他人の前で話したくなかったからはぐらかしただけで、本当は心当たりはあるの。隠すつもりはなかった。むしろ今日にだって話すつもりだった」

「聞かせて下さい」

妃奈さんは語り出す。いつもより少し低めに感じられる。それでいてなんだかくぐもった声で。

泣きたい気持ちを堪えてるように感じる。

「母が私のことを心配して以前からいろんなお医者さんに掛け合ってくれてるのは知ってるよね？

ちょうど優ちゃんがしてくれてるように」

「はい、もちろん」

正確に言うと相馬さんが張り切って探してくれてる。どうにか解決策がないか。妃奈さんのためというよりは僕のためだ。

「いいお医者さんがいるらしいの。以前から私と似たような事例をいくつも快方に向けてくれてる、かなりお偉い先生みたい」

「本当に？」

僕は声を上擦らせた。正直、今までは藁をも掴む思いと言った感じだった。同じようにいろんな医者に掛かってきたが、もう半分諦めていた。医学では解決できないと悟りかけていた。

「よかったじゃないですか」

なんか妃奈さんに対してだけ「おめでとうございます」というニュアンスの言い方になってしまったが喜ばしいことなのは僕にとっても同じだ。ただ、妃奈さんが明らかに手放しでは喜んでいないのが伝わってくるので僕も明るい声では言えない。

「でも、私は優ちゃんと離れたくない」

「どういうことですか？」

その医者の名前は京極亮一。年齢は三十六で、独身。都内の大学病院に勤務する一言で言えば「権威」。まるで箇条書きのように妃奈さんは語る。

「全然、怪しい人とかじゃないの。むしろすごくいい人そう。一回会っただけなんだけどね。ううん、一回会っただけならそう感じた」

そこで妃奈さんは「ふう」と明らかに意識してため息をついた。どちらかと言えば深呼吸のようにも感じられた。

「一言で言うとね。私のこと気に入っちゃったんだって」

「気に入ったって……」

予想外の展開に話が進んだのに妃奈さんはあくまでも淡々とぼそぼそと語るので、僕もあまり事態の深刻さがピンとこない。

要するにその医者は診療する中で妃奈さんに対して異性として好意を持ってしまったということか。まだ職権乱用とまでは言えないが明らかに京極先生は治療とまるで関係ない部分にまで踏み込んでくるというのだ。

「彼氏はいますってちゃんと伝えてるの。でも、なんだかこの先、エスカレートしそうで怖いの。正直、母には相談できない。別にイヤらしいこととかはされてない。当たり前だけど。それができないから悩んでるんだから」

僕は相槌すら打てなくなっていた。怖い。もちろん妃奈さんも怖いんだろう。でも、僕は何を怖がっているのか具体的にわからない。

「この先、例えば交際を迫られたりしたら妃奈さんは？」

「断るに決まってるでしょう」

「気持ちとしては当然そうでしょうけど、断れますか？」

妃奈さんは僕を本当に優しい人と思ってくれてる。だからこそ僕は今まで妃奈さんに強引に迫るようなことは断固としてしてこなかった。でも、逆に言えば妃奈さんは強引に迫られることに慣れてない。

「私が信じられない？」

「僕を信じてくれてるってことは信じてます。でも、妃奈さんは、そんなに強い人じゃない。僕は……」

「守ってよ。男の子でしょ？」

「僕に何ができるんですか？」

「私を大好きでいてくれること。優ちゃんの一番の特技でしょ？」

「からかってるんですか？」

「ちょっと試してみてるだけ」

「軽口叩けるくらいなら、僕はまだそれほど心配しなくていいんですか？」

「違うよ。本当は私も迷ってるの。だから勇気づけてほしいの」

「何に迷ってるんですか？」

「母は京極先生を本当に信頼してるの。将を射んとする者はまず馬を射よ。ずるいよ。私が母にはこれ以上、心配かけたくないって思ってることも見透かしてる。心理学やってる人って心まで読めるの？」

「付き合うつもりなんですか？　もし治療が上手くいって肉体的な交渉もできるようになったら。僕はお払い箱ですか？」

「言葉の使い方がおかしいよ」

「真面目に答えて下さい」

「優ちゃんとは離れたくないって一番最初に言ったじゃない」

「離れるつもりはないとは言ってないです」

「私は優ちゃんのこと好きだよ」

「僕もです。知ってます。でも、もう妃奈さんも子供じゃない。僕はまだまだ子供ですけど」

「優ちゃんは立派だよ。京極先生なんかより人としてずっと尊敬してる」

「……このくらいに、しませんか？　僕はどうしたらいいか、もっとじっくり考えたいです」

「イヤ、今はとにかく口を動かしたいの。ペラペラ喋ってるうちに気持ちが落ち着くから」

「じゃあ、妃奈さんが気がすむまで話して下さい。僕は聞いてます」

それから妃奈さんは、およそ知的で聡明な妃奈さんらしくない支離滅裂な話し方で続けた。「気持ちが不安定になってるの」とも言った。もう実際に京極先生の治療もといカウンセリングは始まっている。その影響もあるのだろうか。

たぶんその人は妃奈さんを傷つけるようなことはしない。でも、僕はなぜか妃奈さんを「守りたい」と感じていた。なぜだろう。相手は決して「敵」ではないのに。

「よく高校生とかってさ。好きな人と付き合えることになったらどんなことがしたいかって想像するじゃない。優ちゃんは私とセックスしたいって思った？」

「そういうことは言わないって約束じゃないですか？」

「出来損ないの女でごめんね」

「だからそういうことも……」

「優ちゃんてさ。インタビューとかで結構辛口なこと言うじゃん。世の中に対して物申したいみたいな。いつも不思議に思ってたんだ。私の前では本当に無邪気な子供みたいなのに。すごく欲求不満なんでしょ？　物凄くイラだってるんでしょ？　そりゃ、そうだよ。年頃の男の子だもん。本当は嫉妬してるでしょ。同じ年頃の男の子たちに。学校とかでもさ。私も経験あるよ。えー、もうヤッっちゃたのー、シー、声が大きいよーみたいな声が聞こえてきたりさ」

「妃奈さん、怒りますよ」

「怒ってよ！　こんなバカな私を叱ってよ！」

パシン！

そんなに力は込めなかった。でも、妃奈さんは泣き出してしまった。涙が零れるほどではなかった。ただすすり泣く声が僕の耳に痛い。

妃奈さんを、僕は死んでも責めたりしたくない。でも、今の僕はまだ雛鳥だ。絵を描くことしか取り柄のない。地位も財力も京極という先生に敵わない。

泣きたいのはお互い様だ。

「私は、強くなりたい。優ちゃんを傷つけなくてすむように」

「僕も、強くなりたい。この手で、あなたを抱き締められる時が来るまでに守るために強くなりたい。

4

それから決して「気まずくなる」ということはなくデートを再開できたということは僕らがちゃんと想い合えてるという証拠だと思う。もちろん会計の時、レジの人からは変な目で見られたから「また、別れ話でもしてたと思われたか」と思ったが。

とは言え、気まずくはなかったとは言え明るい空気には決してできなかった。僕は話題を大きく変えることにした。

「弟の最後の夏がもうすぐ始まります」

「そうなんだ。エイジ君、今年こそ行けるといいね。全国に」

「憎たらしいやつですけど、応援はしたいんです」

別に弟の話なんて出しても会話は盛り上がらない。それはわかってるけど、今の僕にとって関心事と言えば妃奈さんのこととエイジのことくらいしかないんだ。自分のことは、今はそんなに考えていない。

結局、夕食は一緒に取らずに六時頃には解散した。僕はどこかに寄るということもなく家に帰った。途中のコンビニで弁当を買ったが、家でもエイジはカップ麺をすすっているだけだった。

「なんだ？　妃奈さんと食ってこなかったのか？」

「ちょっと喧嘩してな」

「珍しいじゃん」

何が適切な表現かわからなくて「喧嘩」という言葉を投げやりに使ったが、エイジも「嘘だな」と感じ取ったとわかる。僕が単純に「喧嘩」の一言で説明できるようなことを妃奈さんとするはずがないということをエイジは理解している。

「お前こそそんなんだけで足りるのか？　栄養はしっかり摂らなきゃダメだろ」

「別に。もうしばらくバスケはできねえから」

エイジは醤油味のスープを最後の一滴まで飲み干してからあっさりと言った。僕は正面に座った。

「どういうことだよ」

「生徒会のやつと喧嘩したんだよ。殴り合いのな。一週間の自宅謹慎だとよ。絡んできたのは向こうからだぜ」

「ちょっと待て。大事な時期だろ。お前、何を馬鹿なことやってんだよ」

「だから後悔してるよ。反省はしてねえけどな」

「詳しく話せ」

僕は怖い声を出した。エイジはひどく面倒臭そうな態度だ。腹が立つというより今はこいつの気持ちがわからない。

エイジはかいつまんで説明したが、相手のほうから「絡んできた」という表現はどう考えても適切ではない。要するにエイジが校内で煙草を吸っていたところを生徒会の人間が注意したことに逆ギレして殴ったらしい。殴り「合い」という言葉も不適切だ。そしてどう考えても悪いのはエイジだし相手のケガはなかなか大きいらしい。

「確認するまでもなくお前は馬鹿だが、ここまでとは思ってなかった」

僕は頭を抱えてしまった。今はこの馬鹿にお説教するような気力はない。というか、この馬鹿にでも、妃奈さんについて少しは相談してみようかと考えていた自分も同じく馬鹿だった。

「クソッ！」

右手だけだったのを左手も使って頭を抱えた状態になる。エイジも少しいつもと様子が違うことに気づいたんだろう。露骨に不可解そうな顔をする。

「なんかあったのかよ。俺でよかったら相談に乗るぜ」

「棒読みで言うなよ。白々しい」

相談というか愚痴なら言ってもいいとは思うが余計にイライラしそうだ。

「桜と出かけたらしいな。何考えてんだよ」

コンビニで買ってきたさほど美味くない弁当を黙って食べていた僕にエイジのほうから突っかかってきた。

「気分転換したかっただけだよ」

「その程度か」

「なんだと思ったんだよ」

「別に。兄貴が浮気するなんて何があったかと思うじゃねぇか」

「浮気じゃねぇよ。でも、いい子だな。あの子」

「運動部のマネージャーなんて性悪女には務まらねぇよ」

「そんなもんか」

エイジは浅倉桜という人間について語り出した。彼女は自身も中学時代はバスケ部で選手だったらしい。それが万年補欠であまり面白味を感じられず、それならいっそサポート役に回るほうが性に合ってると感じたそうだ。まぁ、わりとよくある話だろう。

付き合い始めた頃は部のみんなにはしばらくナイショにしようと提案されたそうだが、すぐにバレたらしい。エイジはともかく彼女はいかにも嘘や隠し事が下手そうだ。

ただ、そこから先は自慢話にしか聞こえなかった。

「焦ることねぇよ。今時、三十過ぎたって童貞なんて珍しくもなんともないと思うぜ」

「なんの話だよ」

エイジは悪びれる様子はない。既に僕の逆鱗に触れているというのに。

「クラスの男子なんてだいたいそうだけどよ。みんな妙な憧れ持ち過ぎだぜ。セックスなんてそんなにいいもんじゃねぇよ」

「言いたいことがないなら、さっさと風呂入って寝てくれないか」

「別に。俺だってストレス解消の相手として兄貴は合ってねぇよ。仕方なくだ」

「じゃあ、尚更やめてくれ。俺だってストレス溜まる。不毛なだけだ」

「そうだな。だけどよ。兄貴だって言ったじゃねぇか。同じ家に住んでる人間なんだから無関心じゃいられねぇんだよ」

「お前ごときが俺の心配してくれるってのか」

「心配ってわけじゃねぇけど。兄貴と違って語彙力がねぇからなんて表現すればいいかわかんねぇ」

「じゃあ、話してもいいか?」

「あぁ」

藁にも縋るとはこのことか。まさかエイジ相手にこんなにシリアスな話をすることになるとは思ってなかった。

僕は今日あったことを正直に、たぶん必要以上に事細かに語った。主に京極という男について。その間、エイジはずっと無反応だった。頷きもしないから実に話しにくい。

語り終えた時、エイジの第一声は「ふーん」だった。

「まぁ、なんだ。要するに潮時なんじゃないか？」

「潮時？」

「身を引けばいいんじゃねぇか？　兄貴だってまだ二十歳で妃奈さん以外の女、ろくに知らねぇだろ。あっさり別れてみれば、あぁ、こんなもんかって思うぜ。これ以上、固執すんなよ。妃奈さんだって……」

「なんだよ」

エイジが言いよどんだので続きを急かした。僕だって、今までの人生、かなり狭い視野で生きてきたと思う。交友関係も狭い。好きなものはとことん好きすぎて見えなくなるものもあったと思う。

「重いって感じてるかもしれないぜ」

ガンっと頭を打たれたような気持ちになる。覚悟はしていたが、はっきり言われるとここまでこたえるものか。

「お前は、知らないだろ。俺が妃奈さんにそう思われないように、重いとか思われないようにどれだけ気をつけてるか」

「だから、その時点で気を遣いすぎじゃねぇか。恋愛ってもっと気軽なもんだぜ。まぁ、俺だって愛だの恋だの何もわかってねぇけどな」

「エイジ、俺いつも言ってるよな。どんな時も頭を使って生きろって」

「あぁ、言ってるな。実践できてるかわからねぇけど」

「お前はいつも一体どんなことを考えて生きてる？　なんだか今それがすごく知りたい」

「考えたこともねぇな。腹減ったなとか眠いなとかそんくらいかな」

「そんな人間いねぇよ。お前は犬か猿か？」

そういうとエイジはガタンと椅子を引いて立ち上がった。

「反省文書かなきゃいけねぇこと忘れてた。こんなことしてる場合じゃねぇ」

去って行こうとするエイジの腕を、僕は掴んでいた。そんなことをする必要はなかったはずだ。

それでも……。

僕は基本的に人に頼るということをほとんどしないで生きてきた気がする。どんな時も自分の頭で考えて切り抜けてきた。それだけで事足りた。僕は気持ちの整理をつけるということが得意だった。だいたいの悩みは気の持ちようだけで解決できた。でも、今はそれだけではどうしようもない試練にぶち当たってる気がする。

「お前はいつも的外れなことを言う。それに対して俺はもっと合理的に理路整然と考えろと諭す」

「上から目線でな。それに対して俺は兄貴の言葉は心が込もってないって反論する」

「俺は今、妃奈さんを守りたい。それだけだ」

「耳にタコだよ」

「大好きだから。他の人じゃもう無理だ」

「それさ、妃奈さんに直接言ってやれよ」

僕は目を閉じて、一呼吸した。そして意を決して言った。この馬鹿には伝わらないかもしれない。

それでも今の僕がすべきこと。

「もう一度、座ってくれないか？　理路整然と心を込めてお前に言いたいことがある」

5

エイジは「なんか喉乾いたから」と言って僕にとりあえず手を放すように言った。僕は言う通り手を離した。

「で、これ以上、俺に何を話したい？　理路整然と」

「目的は妃奈さんを救うこと。大前提として」

「いい気なもんだよ。お前は神様か？　仏様か？」

「同じ人間だよ。だからきっと分かり合える、と思う」

「京極ってやつともか？」

「それはわからない。会ったこともないし」

素人考えなことはわかってる。それでも僕は僕にできることしかできない。

「妃奈さんの中にあるのは男性に対する恐怖心だ。それも深層心理でだからタチが悪い」

「じゃ、尚更、医者に頼むしかないじゃねぇか。で、妃奈さんは京極大先生と結婚。兄貴はまた他の女を探せばいい」

「イヤだ」

「石頭。そろそろムカついてきたぜ」

今まで投げやりな態度だったエイジが露骨に不機嫌になった。そのほうがいい。本気でぶつかってきてほしかった。昔はよくしたが、なんだかずいぶん長い間、僕らはドライになっていた気がする。

「お前、下らないプライドは捨てて、バスケ部に戻れよ」

「人を三井寿みたいに言うなよ。別に俺は今でもバスケ部員だ。てか、今はそこ関係ないだろうが」

「お前、本当は寂しいんじゃないのか？」

「くせぇこと言うなよ。だから今、俺の話はしてねぇだろ」

さっき冷蔵庫に向かった時、エイジは烏龍茶を持ってきていた。既にテーブルには僕が飲んでいた麦茶があったわけだがかなり温くなっていることを察していたんだろう。僕も自分のコップに烏龍茶のほうを注いだ。

「人は変われるってところを見せてほしいんだ。俺と、妃奈さんに」

「それで？　何がどうなる？」

「僕たちも変われるかもしれない」

一人称が自然に「僕」に変わる。ここで「俺たち」とは言いたくない。僕はいつでも、妃奈さんを自分よりもすごい人として考えている。

「兄弟だから？」

「そう、兄弟だから」

物凄い素人考えだとは思う。でも、妃奈さんが変わるためには僕自身が変われなければと思う。

二人の問題だから。根本的には。

「一回さ、その京極ってやつに会ってみたらどうだ？　妃奈さんから聞いた話だけじゃ何もわからねぇだろ？」

「それはそうなんだけど。でも、大丈夫かな？」

「めちゃめちゃ弱気じゃねぇか。今の兄貴、はっきり言ってすげぇカッコ悪いぞ」

「カッコ悪くたっていいさ」

「いや、そういう意味じゃなくてガチで人としてカッコ悪いぞ」

エイジの口調がいつもより落ち着いている気がする。たぶん僕が冷静じゃなくなってるからだ。

「そうかもしれないね」

烏龍茶を飲んだくらいで落ち着けるはずもないがとりあえずコップは空になってしまった。

「なんか生まれて初めてだよ。兄貴が自分よりダメなやつに思えるのは」

僕はハッとした。悔しさじゃない。むしろ逆だ。

「今まで兄貴には敵わねぇって気持ち、ずっと心のどこかにあった。だから、今なんかすげぇ嬉しいよ。別に兄貴のこと馬鹿にしてるわけじゃねぇ。見下したりもしてねぇ。むしろ初めて兄弟らしく対等になれてる気がする。兄貴はわかってねぇだろうけど、兄貴だって俺より二年長く生きてるだけなんだぜ」

「ありがとう」

「なんか初めて兄弟喧嘩ができてる気がするよ。いっつも俺ばっか叱られて、俺はせいぜい強がりで言い返すことしかできてなかった」

「それは俺も悪かったと思う。お前が何を言っても正論で返す。完璧に理論武装してお前が何も言い返せないってわかってて責め続けた」

「おかげで俺は偽物の自信だけの最高にカッコ悪い男になった。モテる男ってのは決して人として立派な人間じゃねぇってイヤってほどわかってる」

「最上聖也の登場でそのモテる男ですらなくなった、か？」

「この期に及んで容赦はしてくれねぇか。そうだよ。今の俺には何もねぇ」

何気なくカレンダーに目をやった。来週の日曜日に赤丸が書かれている。

「あの赤丸が県予選の一回戦か？」

「あぁ」

「ギリギリ間に合うじゃねぇか」

「桜にもそう言われた」

待ってるから、そう言われたとエイジは呟く。バスケ部はいつだってエイジ君を待ってる。絶対にみんなを敵だなんて思わないで。

涙ぐんだ目で、必死に訴えられた。

「俺も珍しく部屋で一人で泣いてた」

「泣いた？　お前が？」

想像できないわけじゃない。別にシクシクメソメソ泣いてたわけじゃないだろう。いわゆる男泣きだろう。

「俺がバスケ部を強くしてお前を全国に連れていくって言った時、あいつは本当に嬉しそうだった。もう二年間も叶えられてねぇのによ」

「まだラストチャンスが残ってるだろ?」

あぁ、もうどうしようもない。きっとこいつにとってあの子は他の女とは何もかもが違う。どうしようもないくらい、気持ちがわかってしまう。

十七年もずっと見てきた弟だから。

「約束してくれるか? 俺がバスケ部を全国にまで連れていけたら、兄貴も男として、絶対に妃奈さんを守れよ」

「約束する。お前と誰よりも妃奈さんに」

スターチスの花のようにいつまでも変わらない愛と、心をかけて。

もう喋り疲れてきていた。お互いに。先に立ち上がったのはエイジのほうだった。

「今日はもう寝るよ。見てろよ。センコウどもが感動して泣くような名反省文を書いてやる」

「それ、全然カッコよくねぇぞ」

エイジは振り返らなかった。少しは気の利いたことも言えるんだなとわからされる。

「別に、カッコ悪くたっていいさ」

第三章　あなたのことが好きです

1

「ま、俺らは何も怒ってるわけじゃないし……」

バスケ部員たちは困惑を半分隠してとりあえずエイジに頭を上げるように言った。もともと「怖い」「近寄り難い」と感じているだけで嫌ってはいない人間がほとんどだ。もちろん嫌っている人間も少なからずいるのだが、別に陰湿な意味ではないし、当然いじめのようなものは何もない。

「監督はどうですか？」

「どうも何もない。お前はうちの大事な戦力だよ。よく戻ってきてくれたなとしか言うことはない」

あくまでも穏やかに言ってくれるのでエイジは安心できる。

監督ももう若くない。本心では最上が三年になる年を全国に挑戦するラストチャンスとして、計画を立てている。

だがその前に、ここまで問題児ながら育ててきたエイジとのコンビプレーが見れるのは今年だけだということもわかっている。二人が同学年だったらよかったとも一概には言えないが。

「大会までもう時間はない。みんな、覚悟は決まってるか？」

監督は綺麗に整列した部員たちを見回しながら問う。三秒ほど間が空いた。それぞれに思うところがあるのだろう。だが、最初に口を開いたのはエイジだった。

「俺にもどうしても全国に行きたい理由ができました。ここが俺の人生のスタート地点です」

「同意です」

エイジの決意表明に即座に応じたのは最上だった。

「俺も全国行きたいです。理由もあります」

普段はどちらかと言えば物静かな最上が訥々と語り出した。

どうやら彼の母親はもうずいぶん前から重い病気にかかっているらしい。いつ状態が急変してもおかしくない。来年、再来年、もっとその先も生きていられる保証などないほどに。

「母に嬉しい報せを届けたい。それだけです」

一同、しんみりしてしまう。

「大丈夫。やるしかないよ。みんなならできる」

桜が明るく微笑みながら言う。確実に意識してエイジのほうを見た。エイジもそれに気づき、目を逸らしかけたが、イヤと思い直し真っ直ぐにその視線に応えた。


「……ていうようなことが今日あった」

「なるほど」

例によって例のごとく、テーブルで僕らは語り合っていた。考えてみれば兄弟というのは一般的にもっと素っ気ないものだろう。エイジもそれは認めてる。自分たちはわりと熱い関係なんじゃないかと。

「俺さ、ずっとバスケ部を物足りなく感じてたんだよ。仲良しクラブ、ってほど酷くはねぇけどなんか甘っちょろいっつうか生温いっつうか。俺はもっともっと熱くなりたかったんだよ。心が燃え盛って、魂が灰になるくらいまで」

「それが、満たされそうか?」

「聖也っていう味方を得て、みんな夢を持った。そういうやつがホープっていうんだろうな。俺のことは誰も希望の星みたいには見てねぇから」

「それでいいんじゃないか」

「わかってる」

笑い話のようだが、締め切りより二日前に提出した反省文は確かに教師たちと他のたくさんのバスケ部員の心を打ったらしい。実は僕も協力した。僕も文才はないが、エイジ一人ではまとめ切れないくらいに、こいつにもいろんな思いがあった。

「試合、明後日だろ。俺も応援に行くよ。妃奈さんにも言っとく」

「バスケ観戦デートね。まぁ、悪くねぇだろ」

照れ隠しに憎まれ口叩くとエイジは今日も一足早く自分の部屋に戻った。

それから、桐沢高校は無事に一回戦を勝利したという報せを僕は桜ちゃんからラインで聞いた。

観に行くという約束を守れなかったのは単純に仕事ができてしまったからだ。妃奈さんもシフト制だけど日曜は上手く休みを取ってくれていたから申し訳なく思った。ただ今回に限ってはエイジに対して、より強く思った。

「二回戦は絶対行くから」

「まぁ、俺は別にいいけど。兄貴が来たいっていうならなるべく早めに来てくれよ。次の相手はけっこう強豪だからな」

「そっか」

ちなみに一回戦の結果の詳細も桜ちゃんから聞いた。僕が思っていたほど、最上聖也の独壇場というわけではなかったらしい。エイジも最上級生として十分な活躍を見せたそうだし、チーム五人がバッチリ噛み合ったいい試合運びができたそうだ。終わってみれば三十点以上の差をつけてのワンサイドゲームだった。

—桐沢バスケ部は最高のスタートを切れました。エイジ君も嬉しそうだったけどお兄さんがこれなくて少し寂しそうでした—

桜ちゃんはそこまで伝えてくれた。僕はなんだか言いたいことが多すぎて逆に返事はスタンプだけで済ませてしまった。

二回戦は次の週の日曜。当然だが学業が本分の学生諸君が平日にはできない。ご苦労様と思う。嫌味じゃなく本当に。

「エイジ君が上手くいってると、優ちゃんも安心するでしょ？　私も嬉しいよ」

「て、言ってくれると僕も嬉しいです」

「優ちゃんさ、私のこと、どんだけ好きなの？　いや、もちろん嬉しいんだけどさ。ちょっと苦笑いだよ」

「大好きです。いっつも妃奈さんのことばっかり考えてます」

「どうしちゃったのさ。弟君のことばっかり考えてて、お姉さんに甘えたくなっちゃったのかな？」

「はい」

「いい子ね。なんて、バカ。そんな甘えん坊さんはもう切っちゃうからね」

「明日もします」

妃奈さんはクスっと笑うと優しく「お休みなさい」とだけ言って電話を切った。

ちょっと素直になりすぎた。付き合いたてのバカップルならともかくさすがに引かれたかもしれないと思うと僕も苦笑いだ。

先日のデートでは本当に痛切な姿を見せていた妃奈さんだが今はもういつも通りだ。かと言って問題は何一つ解決しておらず、お互いに頭をひねり続けるばかりだ。

二回戦には必ず行きたいがそれで何がどうなるかなんて全くわからない。ただ、もう妃奈さんとエイジとはあまり関係なくても構わないと思っている。

僕なりに考えてみたのは、妃奈さんのお父さんに一度会ってみたいということ。かなり大それた考えだと思う。妃奈さんも両親の離婚後はお父さんとは一切会っていない。それは僕ら剣家も似たようなものだ。

妃奈さんとの電話を切ってから三十分ほど、時刻にして二十二時ごろ、今度は相馬さんから電話が来た。仕事のことかと思ったが、違った。

「京極亮一って言われてわかるか?」

「知ってますよ」

ほとんど開口一番くらいに切り出されて少し焦った。今ちょうどその人についても考えていた。

「剣優一郎さんについて聞きたいって言われてな。もちろんプライベートなことは何も話せるわけないからな。そうですかとだけ言ってそれ以上しつこくは何も言わなかったよ。どういう知り合いだ」

「別に……」

適当にごまかそうとも思ったが、それはよくないと思った。

「妃奈さんの関連で名前だけ知ってる人です。会ったこともないし、向こうも僕についてはイラストレーターとしてしか知らないはずです」

それから僕はこれまでの経緯をかなりかいつまんでとは言えかなり正直に話した。相馬さんなら信頼できる。というか仕事の人間関係で信頼できるのは相馬さんしかいないというのは本当に寂しい。

「迷惑な話だな。お前とコンタクト取りたいんだったら直接、妃奈さんを通せばいいじゃねぇか」

「相馬さんは僕の問題に巻き込まれることは迷惑ですか?」

「そんなわけねぇだろ。ただ、その京極って男のやり方が気に入らねぇ。はっきり言ってそいつただのわいせつ医師じゃねぇだろうな。妃奈さんについてだってただのセクハラの延長じゃねぇのか」

「そこまで酷い医者じゃないと思います。あくまでも世間的には評判はいいみたいですから」

「いっそお前のほうから連絡取ってみろ。病院のほうに電話すりゃ話くらいできるだろうよ」

「そうですね」

相馬さんはそれだけ、用件だけ済むと電話を切った。普段はわりとお喋りの好きな人だが、そういう日もある。

僕はかなり不安な気持ちになっていた。正直、怖い。勇気を出さないといけない時が来ている。

2

その時は意外なほどすぐに訪れた。妃奈さんから連絡が来た。京極先生が僕に会いたがっていると。性的虐待の心的外傷に苦しむ人間にとって、現在進行形の彼氏なんて、当然、超重要人物だろう。とりあえずお話だけでもということらしい。

話としては納得できるが、それは医療行為の範疇を超えていないかとも思う。まぁ、専門家ではないのでわからないが。

たぶん医師として以上に男として妃奈さんを助けようとしているんだろう。

敵視なんてしてちゃダメだ。協力しよう。僕よりも確実に頼りになる存在なんだ。

だが、二人で会うことになるとは思ってなかった。妃奈さんも交えて三者面談形式になると思っていた。それも病院ではない場所で向き合うことになるとは。

「申し訳ありませんね。私はどうしても冷房というものが苦手でして。病院でも設定温度は二十八度以下にはしないんです。患者さんからは今のところ苦情はありませんがね」

「はぁ、そうですか」

僕らはこのクソ暑い中、公園のベンチに並んで腰かけている。途中、自販機で買った緑茶は既に二割ほどしか残っていない。もう五分ほど話しているが京極先生は一向に本題に入ろうとしない。

「京極と申します。話は相沢さんからよく伺っております。イラストレーターさんだそうで。まだお若いのにすごいですね」

最初ははじめましてから始まり、京極先生は社会人としていたってシンプルな挨拶をした。僕は、そういうことがすごく苦手だ。礼儀がなってないわけではない。愛想がなさすぎるだけだ。だから処世術の基礎は全て相馬さんに教わったし、それでもバイトしてる高校生のほうがよっぽどしっかりしてると思うくらい世渡り下手な自分は結局、絵を描くということ以外は相馬さんにおんぶにだっこ状態だ。

「それで僕は何をすればいいんでしょう。僕に聞きたいことがあるならお話しますし、できることがあるならできる範囲でしますが」

「いいえ、あまり難しく考えていただく必要はありませんよ。ただ、あなたとお話してみたかった。

他愛ない世間話程度でも十分なんですよ」

「はぁ、そういうもんなんですか」

「率直に言って相沢さんはどういう女性だと考えていますか？」

ベンチの前を野良猫が通り過ぎるのを見ていたら少しだけ京極先生の話から意識が逸れてしまった。それでも一応、先生の質問は聞き取れていたし意図も理解できたが僕はなぜだかすぐには返事をする気になれなかった。

「質問の仕方がぼんやりし過ぎたかな。あなたは妃奈さんのどんなところを魅力に感じてますか？」

まだ、僕は答える気になれない。なぜかはわからない。

僕は別に人見知りはしない。そもそも人見知りという言葉自体、定義をはっきりさせることができていない。たぶん初対面の人やまだよく知らない人に対して上手く接することができないというのが人見知りだろう。もう何度も会っている人とも上手く話せないならそれはその人と気が合わないか、単純にコミュニケーション能力が低いだけだ。

ただ、この人はすごく優しい人なんだろうということくらいは見当がついた。表情や目つきを見ればなんとなくでもわかる。顔は履歴書。

「うーん、そう言われても難しいですね」

相手は人の話を聞くことのプロだ。こちらが緊張していることくらいは汲んでくれてるだろう。

僕はたどたどしくなってもいいから正直に答えることにした。

「はっきり言って最初から一目惚れでした。相沢さんからどれくらい聞いてるのかわからないですけど……」

「自然に話してくれて構いませんよ。いつも通り妃奈さんと言うほうが話しやすいでしょう」

「そうですね。わかりました」

少し緊張が解けてきた。僕はクイッと右肩を回した。最近、職業病か、肩が凝る。

「妃奈さんには二年以上も片思いしていたんです。どんな人なのかも知らないはずなのに。やっと付き合うことになって、イメージ通りの人でよかった」

「具体的に言うと？」

「具体的、難しいな。なんというか凛としてるのに可憐というか、しっかりしてるんだけど繊細みたいな」

「なるほど」

こんなんで何か参考になるのだろうかと僕は思う。でも、京極先生はパソコンでメモまで取ってる。

「逆に僕からも聞いていいですか？」

「答えられる範囲であれば」

「妃奈さんはどれほど酷い虐待を受けてきたんでしょう？　僕はあまり考えないようとしてきたし、考えたとしても想像の域を出ないんです。まさか本人には聞けないし」

「答えられる範囲ではないですね」

「そうでしょうね」

僕の頬を汗が伝った。夏の暑さのせいだけではない。

「もともとこうやってあなたと会って話をしているのも一般的に医師のすることではないですからね。そういう意味では答えられる範囲を広げることもできますが？」

「お願いします」

「理由は？」

「え？」

今まで優しかった表情が俄かにシリアスになった。怒っているというよりは厳しくなった感じだ。

「私はどんな時も理由というものを重んじています。嫌いな言葉はなんとなくです。あなたが相沢さんの過去について知りたい理由は？」

なんだか僕は先生に叱られている子供のような気持ちになった。それでいて彼の言うことには頷ける。僕も論理的に考えられない人間が嫌いだ。

「簡単には説明できません。ただ、僕は妃奈さんのことをもっと知りたい。言ってほしいこと、言われたくないこと、してほしいこと、してほしくないこと」

「あなたはただ優しいだけの青年ではなさそうですね。予想していた以上に」

僕の絵はよく見ていてくれてるそうだ。もちろんそれほど絵について詳しいわけではありませんがと断ってから彼は続けた。

「だからと言って素人の戯言と思って聞いて下さい、とか前置きするのは逆に卑怯だと思うので真剣に聞いてほしいと言っておきます。あなたの絵から感じられる狂気について」

「狂気？」

「言い方は大げさだと思います。ですが、あなたの中には決して見過ごせない破壊衝動を感じます」

「破壊ですか？」

別にアーティスト気取りではないが、自分は相当の変わり者だと思っている。それでも「狂気」だの「破壊」だのという言葉とは無縁と思っていた。

京極先生は鞄から一冊のノートを取り出した。普通のノートだ。何の不思議もない、メモ帳のように使っているノートだろう。彼はまだ何も書かれていないページとシャーペンを一本、僕に渡してきた。

「ここにライオンの絵を描いてみてくれませんか？」

「ライオンですか？」

先生は「はい」としか言わなかったので真意は全くわからなかった。僕は言われた通りライオンの絵を描こうとした。だが、手が動かない。

ライオンってどんな感じだっけ？

もちろん頭の中には思い浮かべられる。よくある四つ足の動物の身体になんと言っても最大の特徴は勇ましいたてがみだろう。それはわかるのだが紙の上に再現できない。隣からの視線がプレッシャーに感じられてなんとか筆を入れ始める。

だが、胴体の上のほうを描こうとして一本横棒を引いただけでまた手が止まる。僕は焦ってとりあえずなんとか動物とわかる程度の絵を描こうとした。その辺りで京極先生の言いたいことが、半分くらいは分かった気がした。

「そのくらいで完成ということでいいですよ」

「あ、はい」

僕は滝のような汗をかいていた。愕然とした。ノートに描かれていたのは幼稚園児が描いたかと思うほど、とてもライオンと判別できる者はいないであろう奇妙な物体だった。

「あなたは本当に花の絵しか描けないんですね？」

心臓が高鳴る。僕は一体……。

「ただ、描かないだけっていうか。そもそも描きたいと思わなかったら。でも、子供の頃はちゃんと描けてました」

「ありがとうございます。ちょっとした実験ですから、悪く思わないで下さい」

先生はスッとノートを閉じて再び鞄にしまった。

「相沢さんとの出会いがあなたの人生を決めてしまったのかもしれませんね。良くも悪くも」

「失礼ですが、何が言いたいんですか？」

別に失礼ではないが僕は決してこの人の気に障るようなことを言ってはいけないような気がしていた。そうでないと逆に僕のほうが決定的に傷つくことをいわれそうだったから。

「異常なんですよ。花の絵しか描けないということが。わかったでしょう？　描かないんじゃなくて、もう描けないんだって」

「いけないことですか？」

「繰り返しますが良くも悪くもです。でも、あなたの相沢さんへの愛情は異常です。もちろん彼女からも聞いてます。あの人は自分が重いとか窮屈に感じないように最大限、気を遣ってくれてるって。私もそれはすごいことだと思います。尊敬すると言ってもいい。普通だったらほとんどストーカーのようになっている次元です」

僕は何も言い返せなかった。僕は責められているのか？　この話し合いは一体どんなゴールを目指している？

「もうお二人はこの先もずっと離れることはできないでしょう。よく言えば強い絆で結ばれてる。悪く言えば強い鎖で」

「さっきから良いとか悪いとか、僕は妃奈さんにとって……」

「プラスになる存在ですよ。もちろん」

いつの間にか風が強く感じられるようになっていた。雲は少し晴れてきたように感じるが体感温度はむしろ下がっていた。

「相沢さんが受けていた虐待は僕の口からはとても言えないほど、凄絶なものでした」

やっと、質問に答えた。答えるに値する「理由」を感じ取ったからだと彼は説明した。

「薄氷を踏むような治療になるかもしれません。でも、あの人の男性に対する恐怖心を取り除くにはあなたの、常軌を逸したほどに深い愛情が必要です」

静かに、だが力強く語る。でも、僕は弱気になってはいけない。

「僕に何ができますか？」

僕の哀切な訴えに、だが先生は今まで一番優しい顔を見せた。

「その前に一つだけ。私も医師として間違ったことをしようとしていたかもしれません。今日、あなたに会えてよかった」

目を閉じて頭を下げた。なんのことを言ってるのか僕はわかっていないと思ってるだろう。だから僕もわかってないふりをした。

「力を貸して下さい。僕はお二人に幸せになってほしい」

僕のほうもやっと笑えた。返事は、多くは必要ないだろう。

「はい」

3

私は自分のしていることの意味をあらためて考えていた。たぶん間違ったこと、意味のないことをしている。でも、自分がそうしたいと思うように今まで生きてきたし、それで心の底から後悔したことなんて一度もない。

幼少期は普通の子供だった。父は中堅の大学を卒業して高校の教師となり母とは共通の友人の紹介で知り合い結婚した、まぁ、平凡と言っていい人間だった。

二人が夫婦になって二年で私は生まれた。人生なんてものはまだ右も左もわからない九歳の時分に私は既にその人生というものの歯車を狂わされた。

最初は自分が何をされているのかわからなかった。でも、父がいつもとは別人のようになっていたことを覚えている。上手く表現できないんだけど、決して凶暴ではないんだけど、醜く卑劣な化け物のような顔に見えた。

わけもわからないまま私は泣いていたんだと思う。大きな声を出すなと、父は私の首を絞めた。殺意などなかっただろう。それでも私の中には恐怖しかなかった。

正直、同じ年頃の男の子にスカートめくりされることなんてしょっちゅうだった。友達は「ひなちゃんが可愛いからだよ。あいつらひなちゃんが大好きだからいじわるするんだよ」と言ってくれた。

正直、女の子がパンツ見られて嬉しいわけない。それでも本当に深い意味で傷ついたりはしなかった。性についてまだ自分は無知だった。

母にはなかなか相談する勇気が出なかった。そうこうしてるうちに私は初潮を迎えたし胸も膨らみ出したし男の子は自分とはいろんな点で違うんだということも理解できるようになっていた。

決定的な亀裂は私が中学生になってすぐに生まれた。

「お父さんが変なことする」と母には打ち明けていた。母は信じたくなかったんだろう。でもひとつ屋根の下で暮らす以上、そういつまでも隠し通せるはずがなかった。

父は家を出た。かなり長い間、別居という形を取っていたが、私が高校を卒業するのを契機に正式に離婚した。

考えてみればたった三年間程度、されど長い時間だった。私は汚れてしまった。少なくとも自分自身がそう考えてしまうのだから「妃奈は妃奈だよ」と慰めてくれても余計に悲しくなるだけだった。

自分が世界で一番醜い生き物であるかのように思えた。高校、大学といろんな人から告白された。「付き合って下さい」と。

一人目の彼氏の時点で気づいていた。その人は手を繋ごうとしただけなのに私が血相を変えて拒んだもんだから相当へこんでしまった。

俺のこと嫌いなら無理に付き合ってくれなくていいよ。

違う。そういうわけじゃないの。

一ヶ月付き合ったくらいのタイミングで彼は私にキスしようとしてきた。その時、私はどうしたか？

思いっ切り嘔吐した。

さすがに唖然とされた。気まずいなんてレベルじゃない。すぐに別れようということになった。

そんなことをもう一回繰り返したところで私は母に相談した。病院に連れて行かれることになった。イヤだった。せめて女の先生でよかった。私は洗いざらい打ち明けた。

自分はこれからどうなっちゃうんだろうと思った。一生まともに恋愛もできずに生きていくの？

冗談じゃない。

憧れていた花屋さんにも就職できた。男性が無理なら女の子の友達を大切にしよう。そう、それでいいんだ。それで……。

私は二十四歳になった。今時、彼氏いない歴＝年齢でも珍しくない年齢。でも、今の私には優ちゃんがいる。本当に彼に出会えてよかった。私はこのまま一生変われないかもしれない。でも、彼はそれでもいいと言ってくれる。私はそんな彼の優しさに甘えてばかりもいられないじゃない。

私は彼のお父さんにこれから会おうとしている。正確に言えば遠くから見るだけだ。そんなことをしてもどうにもならないことはわかっている。でも、その人、剣健介が今どんな生活をしているのか優ちゃんは知らないんだ。私は調べたから知ってる。と言っても優ちゃんのお母さんに聞いたらすぐに教えてくれた。憐れみを込めて、もうあんな人のことは知ったことかと言った口調で。

ホームレスをやっていると。

私はショックで喉が詰まってしまった。「あの子に散々酷いことをした罰よ。できることなら私の手で殺したいくらい憎いんだけど、そんなことをしたら息子二人を確実に不幸にしてしまいますからね」とお母さんは疲れ果てた顔で言った。

もとから酒やギャンブルの好きな人で、離婚後はまるで絵に描いたように(優ちゃんへの嫌味じゃない)堕落の一途を辿ったそうだ。

高架橋の下、あれがそうなのかなと見当のつく人はいた。別に本当にそうでなくても構わない。

いつか本当に「お義母さん」と呼べたらいいなと思う女性から諭された。

「男なんてそんなに恐れるようなやつばかりじゃないわ。むしろ本当に強い人は優しい人で心の弱い人間はいくら強がったって、人として、ただの雑魚よ」

そう言ってから一言謝罪した。あの人のことになると少し口調がきつくなっちゃうからね、と。

目的は果たしたから、そのままとんぼ返りしただけだけど、なんだか気持ちは楽になっていた。

きっと私の父も今頃ろくな生活をしていない。悪いことをすれば必ず罰せられる。逆に真面目に誠実に生きていれば必ず幸せになれる。

諦めないで、希望を持って、愛を信じて生きていこう。そうだよね、優ちゃん。

私たちは幸せになろうね。

4

僕は自分のしていることの意味をあらためて考えていた。

直接会って言ってやりたいことはたくさんある。でも、そんな勇気はなかったし、逆効果になりかねない。

妃奈さんのお母さんに会うだけでも勇気が要った。妃奈さんのほうは嬉しそうだったけど。

「そろそろ紹介したいと思ってたから。優ちゃんのほうから言ってくれるなんて本当に嬉しいな」

終止、明るく話す妃奈さんの前でなかなかお父さんの話は出せなかった。お母さんも僕に対して終止、友好的でとてもシリアスな話題は出せなかった。

仕方なくライン交換だけはして後日、聞き出した。妃奈さんの、離婚したお父さんの現状について。再婚していると聞いて少し驚いた。子供もいるらしい。「女の子ですか?」と恐る恐る聞いたら「いいえ、男の子だよ」と笑って答えた。よかった、と思う。

現住所も教えてくれた。もちろんそんなこと聞いてどうするのかと問われたが、会ってみたいんですと正直に答えたら彼女は何も言わなかった。

遠くから眺めるだけでいいと思っていた。でも、彼の家が近づくにつれてやはり会って話してみるべきではという気持ちが強くなっていた。

そんな中途半端でもう一つ煮え切らない気持ちのまま玄関の前まで来ていた。迷っている間もなく後ろから声をかけられた。

「どちら様ですか？」

買い物袋を提げてたたずんでいた三十代半ばと思われる女性と、その手を繋ぐ幼稚園児くらいに見える男の子。

考えるまでもないだろう。今の奥さんとその子供だ。

「相沢妃奈さんとお付き合いしている者です」

なんの躊躇もなく言葉が出てきたことに驚いた。女性のほうもひどく驚いていた。それから物凄く怪訝そうな顔をした。

「どういったご用件ですか？」

「いえ、たまたま通りかかっただけです。失礼します」

僕は本当にもう十分だと思ったんだ。その人の名前は松本紀之というらしい。でも、それがどうしたと言うんだ。

過去よりも今。進むべきは未来。

でも、女性のほうはこう言った。

「妃奈さん、あの人の娘さんですね？」

「はい？」

今度はひどく躊躇していた。言うべきか、言わざるべきか。だが、意を決してこう言った。

「妃奈さんに会ったら伝えてくれませんか？　主人からたった一言、すまないって」

ぽつりとだが、たしかに僕の耳に入り、心臓を射抜いた。

お互いに十秒以上沈黙していた。気づいたらお互いに涙を流していて、ほぼ同時にそれを拭いた。

その間、男の子のほうはずっと黙っていた。

「はい」

もっと問い詰めるべきだったかもしれない。でも、その必要はないと判断した。お父さんの気持ちは少しは伝わった。そして同時に全てを知る必要などないということも悟ったんだ。

これが最初で最後だ。もう二度とここには来ない。きっと妃奈さんもそう思うだろう。人生が旅だと言うなら何度でもここが行き止まりと感じる時があるだろう。同時にそれはスタート。何度でも新しい旅を始めよう。そうだよね、妃奈さん。

きっと何処へだって行けるさ。

5

「絵画集！」

「うん、そうなんです。僕も昨日、聞いたばかりなんだけど」

七月も下旬に差し掛かった。エイジはサラッと言ったが桐沢高校はインターハイ予選の決勝まで駒を進めていた。その報告だけでも妃奈さんはかなり嬉しそうだったが、僕の吉報にもそれ以上に目を輝かせてくれた。

その日、僕らは映画デートをしていた。コテコテの難病もの恋愛映画だったが、二人とも心底感動してしまい今も恍惚とした気分が抜け切らずにいる。

かなり背伸びして予約した高級料理店で僕は一つの覚悟を胸に秘めていた。

「サンクチュアリに収録されてきた花の絵を一冊にまとめます。描き下ろしも数枚描いて向井さんとの対談なんかも付けて」

「すごいよ。優ちゃん、やったね」

「それともう一つ……」

「まだあるの？」

僕は肩が凝りそうだった。妃奈さんだって別に慣れているわけでもないの、どうしてテーブルマナーなんかもこんなに優雅にこなせるのか。ただ、そんなことは些細なことで僕は話のほうに集中した。

「琴月啓司さんってわかります？」

「うん、有名な作家さんだよね？」

「その人の描く新シリーズの表紙絵を僕が担当することになったんです」

「ひぇ！」

妃奈さんは声が思いっ切り裏返ったことでかなり恥ずかしそうにした。無理もない。僕も相馬さんから聞いた時はそれくらい驚いた。

「優ちゃん、すごいよ。なんか私の想像も及ばないくらいすごくなってく」

褒められると嬉しい。正直、自分の画力なんて以前に乱れていると指摘されてからこの短期間にそう飛躍的に伸びたとは思えない。ただ、ほんの少し精神的に成長できたというだけのことだ。まだ二十年しか生きていない自分でも少しは見えてきたものもある。人生というものはそれほどドラマチックにはできていない。それでいいと思う。

でも、時として映画や小説よりも現実そのものが心からの感動をくれることもある。生きることが愛おしくなるほどに。

「この前、妃奈さんのお父さんの家に行ってきたんです」

「お父さんの？　なんで？」

当然の疑問だと思う。自分でも差し出がましいことをしたとは思う。だが、僕が答える前に妃奈さんは意味深なことを口にした。

「不思議だね。考えること一緒だ」

「え？」

「ううん、なんでもない。それで、本当にどうして？」

「どんな人なんだろうって思っただけです。結局、本人には会えなかったけど、再婚相手の女性には偶然会えました」

「ん、うん。それで？」

僕なりにちゃんと覚悟はしてきたつもりだった。京極先生に一言断っておくべきだったとは思う。でも、たとえ素人考えだとしても妃奈さんには伝えるべきだと独断で決めた。

「伝言を預かりました。正確に言うならお父さんからの伝言です。たった一言だけ、すまないと」

沈黙。妃奈さんは表情を変えなかった。

十分以上に感じられた。実際には三十秒程度だっただろうが。

「そっか」

やっと妃奈さんが口を開いた。続ける。

「人の気も知らないで。自分はたった四文字で済ますんだ。そっか」

自嘲気味だった。馬鹿馬鹿しい気持ちにもなるだろう。でも、少しは救われるんじゃないかと僕は思って伝えた。

「痘痕も靨って言葉知ってます？」

「知ってるよ。好きな人なら欠点も美点に見えるっていう」

「僕はあなたのことが好きです」

「こちらこそ。そっか、私の欠陥も含めて愛してくれるんだね」

「屋烏の愛って言葉は？」

「知ってるよ。好きな人ならもうその人に関係するもの全部好きになっちゃうっていう」

「僕はお父さんのことは好きにはなれません。でも、あなたのような人を生んでくれたことに感謝します」

「生んだのはお母さんだよ」

「茶化さないで下さい。二人で生んだんです」

「そう、私たちにはできないことをしてね」

「そうですね」

「私たち、もう別れちゃおうか？」

僕は目を見開いた。

「私は欠陥品なんだよ。普通の女になれる保証もない。優ちゃんはこれからもっと普通の恋をしな。私はそういうことは諦めて違うやり方で幸せに生きるから。心配しないで」

「僕は妃奈さんと結婚したいと思ってます」

今度は妃奈さんのほうが目を見開いた。今まで結婚という二文字をはっきり出したことは一度もなかった。

「人の話、聞いてた？」

「いつだって真剣に聞いてます」

「結局、優ちゃんだって自分の気持ちを優先してるじゃない。私の意見なんて聞いてくれてない」

「提案があるんです。タイムリミットを設けませんか？　エイジが高校を卒業するまで。それまでに妃奈さんのトラウマが治らなかったらきっぱり別れましょう」

「どうしてそこでエイジ君が出てくるの」

「気づいたんです。あいつの存在が僕を強くしてくれていたこと。あいつは……」

自分の気持ちにケジメをつける時だ。

「すごいやつです。僕なんかよりもずっと大きな可能性を持ってる」

あいつの、いつかの言葉が甦る。熱くなりたい。魂が灰になるくらいに。

「あいつはきっと人を強くする力を持ってる。きっと妃奈さんにも勇気をくれる」

「具体案を出してくれるわけだ」

「えっ？」

妃奈さんはニコッと笑った。僕が一番好きな妃奈さん。

「試すようなことしてごめん。嘘よ。別れようかなんて」

「でしょうね」

「ばれてたか」

見つめ合うよりも、今だけは同じ方向を見ていたかった。それが比喩ではなく二人は同じタイミングで窓から見える綺麗な夜景に目を向けた。

「綺麗だよね。私みたいにさ、植物が大好きな人間としてはビルばっかの町の景色なんて憎たらしいはずなのに。人間ってホント自分勝手」

「結局、いくら誰かのため何かのためって思っても、自分がそうしたいからするならそれは自分のためなんですよ」

「それでも、私のためにいろいろ考えてくれたんだね。優ちゃんっていつも大好き大好きって気持ちばっかだから。だから言ったの。具体的に考えてくれて嬉しいよ」

「医学的で合理的な治療は京極先生に任せますけどね」

「そうそう、聞いてなかった。先生とはどんな話したの？」

「妃奈さんのほうこそなんか隠してません？　何かあったんじゃないですか？」

「んー、言う必要のないことよ」

「そうですか。じゃあ、僕もナイショにします。お互い様です」

「ズル」

「なんとでも」

なんだか心が穏やかだ。こんな時間をこれから先も、できれば、そう、いつか星になる日まで、何度でも一緒にすごしたい。

「来週の日曜、明けておいて下さい。また映画観に行きましょう」

「？　いいけど。なんの？」

僕は右手をそっと自分の左胸に当てた。命が静かに燃える音がするのを確かめてから、僕はこう言った。

「ノンフィクション熱血バスケ映画」

6

今日も暑い。週の半ば全然なんでもない日。こういう日に限って思いもかけないことは起こる。

「ごめん、今なんて言ったの？　エイジ君」

「だから、もう一度やり直さないかって」

風もほとんどない。昼休みの体育館裏。今時、告白のシチュエーションとして適しているのだろうか。

「なんで？　私のことなんてとっくにどうでもよくなってると思ってた」

「三年間毎日、俺たちを支えてくれてたやつがどうでもいいわけがないだろ」

「それはマネージャーとしての話で」

「今、付き合ってるやつ いるのか？」

「いや、いないけどさ」

浅倉桜は額の汗を拭いた。エイジは対照的になんだか涼しげな顔をしている。

「なにかあったの？」

「むしろお前にあったんだろ？　兄貴と会ったんだろ？」

桜は肯定も否定もしなかった。別に悪いことはしてない。もちろん良いことでもないかもしれないが。

「羨ましくなったんだよ。兄貴のことが」

「うん」

剣優一郎という存在。自分の想いを全て花の絵に込める男。相沢妃奈という女性を人生をかけて愛し続けると誓う男。

昨日、何気なくユーチューブで見た。この広い世界では、一人の女性を三十人がかりでレイプして挙句の果てには虫けらのように殺しゴミのように捨ててしまうようなことも確かに行われている。人間というものがイヤになる。

「今よりもう少しだけ優しい人間になろうと思う。兄貴を見習って」

「エイジ君は優しいよ。本当は。私にはわかる」

「そこだよ。わかってくれるのは、いや、わかろうとしてくれるだけでもお前だけだ」

「そうかもしれないね。エイジ君も不器用だから」

「も？」

「お兄さんだって随分とまぁ不器用な人でしょう。笑っちゃうくらい、兄弟だよ」

エイジはなんだか照れ臭くなって頭をガシガシとかいた。

「二年間も待たせて悪かった。今年こそみんなで全国に行こう」

「みんなでね、ありがとう。カッコいいとこ見せてよ。そしたらやり直すこと、考えてあげてもいいよ」

「生意気な言い方だな」

「馬鹿ね。私たち高校生だよ。みんな、少しずつ成長するんだよ」

「っていうようなことが今日あった」

「あっそう。もう好きにしろよ」

あと三日、インターハイ予選決勝の日は迫る。

7

会場はほぼ満員だった。決勝とはいえ高校生の試合でこれだけ埋まるものだろうか。

前半戦、立ち上がりは両校ともに今一つリズムを掴めないと言った感じだった。

決勝戦、相手校の名は史壮館高校。桐沢高校と大差ないほど例年ならせいぜい二回戦止まりの弱小校だ。

それが、「奇跡の星」と呼ばれるセンター、星竜典の加入で勝ち上がってきた成り上がりチーム。

明らかなワンマンチームでありながら例年、優勝候補筆頭の大槌高校を準決勝で破った。

最大で三点差しか開かないまま十分が経過し先に根負けしてタイムアウトを取ったのは桐沢のほうだった。

「クソっ！　どうもやりづれぇな。相手が得体の知れない一年坊だからな」

「条件は向こうも一緒だよ。向こうも聖也については情報は少ない」

監督はそう言うが、エイジは苛立ちを抑えられない。

「剣先輩、向こうは怖いのはゴール下だけです。僕が広げるから構わず中から攻めて下さい」

「それしかないな」

エイジは顔を上げて観客席のほうを見やった。

見ててくれてるのかよ、兄貴。


僕は、いや、僕らは一言も話さず試合を見守っていた。その時、本当に気づいていなかったが無意識のうちに手を握り合っていた。そのことを知っているのは神様だけだ。でも僕はなんとなく心が温かくなっていることには気づいていた。

「よし!」

僕は約十分ぶりに声を発した。桐沢のシューティングガードがスリーポイントを決めてスコアは三十二対三十八、この試合ようやく五点以上の差がついた。前半は残り二分を切ってる。

その後、ブザーまでに桐沢が続けて二本ゴールを決めて十点のリードで前半終了。その時には僕らの手は離れていた。でも、なんだか不思議な感覚が手のひらに残っていることに僕は気づいていた。

「オーケー、後半は手加減なしだ」

星が控室に戻る時、呟いたのをエイジと最上は聞き逃さなかった。地獄耳。

「『手加減だと？』」

二人で異口同音、思わず目を見合わす。

「よく聞こえましたね」

「お前こそ」

「なめたこと言ってくれますね」

「ぶっつぶそうぜ」

共通の敵を持った時に最も結束するのが人間という生き物。ましてや二人とも勝負には徹底的にこだわるスポーツマンであることに変わりはない。

特に二人の間に何か特別なことがあったわけではない。人間とは本当に不思議な生き物だ。無言で拳を突き合せた新旧のエースに監督を深く感じ入る。

だが、目の前の敵、奇跡の星は桐沢高校バスケ部の想像を遥かに上回る「本物」だった。

「化け物なの？　あの人」

妃奈さんが涙ぐむ。まだ泣くには早すぎる時間だ。それでも、僕も額にイヤな汗をかいていた。

「クソっ！」

今度はコートの五人全員が異口同音。桐沢が前半でつけた十点という差はたった二分で消えた。

尚も怪物の逆襲は続く。

「囲め！」

「入れさすな！」

「抑えろ！」

「打たせるな！」

それらの声は空しく響くだけだった。

勝ち誇るように敵将は嗤う。

「無駄だ」

ガンッ！

後半五分で既に三本目のダンクが決まる。これで逆に十点差。まだギシギシと揺れるリングを呆然と見つめる最上にエイジは一喝する。

「止まるな！　すぐ攻めるぞ、聖也！」

「あ、はい！」

僕は両手を握りしめていた。試合が始まる前は当然この試合に勝って全国への切符を手にしてほしいと思っていた。それが、せめていい試合をしてほしいという気持ちに変わっていた。何か大切なものを掴みかけているエイジが、またどん底へ落ちてしまわないように。

「まだ慌てるような時間じゃない！」

何十回も読んでいる某傑作バスケ漫画のセリフをマネするエイジだが、必死の形相で声を張り上げて言っても説得力がない。

「慌てるなよ、エイジ。お前がエースなんだろ」

ひとり言のように僕は呟いた。

パシュ！

「よーし、いいぞ、武田ぁ」

シューティングガードの武田君という男が今日五本目のスリーポイントを決める。彼は今日調子がいいようだ。これで七点差。まだ射程圏内。

「いつまでも好き勝手させるかぁ！」

エイジが意地のディフェンスを見せる。星も少し動揺を見せる。空気が少しずつ変わっていく。

違う。自分の力で「変える」んだ。

「エイジ君、負けないで……」

妃奈さんも祈る。僕は思う。

いつかお前にこの人をお義姉さんと呼ばせたいんだよ。

「星！　無理するな！　外出せ！」

「はい！」

星は先輩の言う通りアウトサイドへ一旦戻そうとする、が……。

「甘いよ」

最上のパスカット。

「走れ！　聖也、行けるぞ！」

「もう走ってますよ」

桐沢の最高速男、最上聖也が一気にゴールへ駆ける。だが、敵も負けてない。背番号四番、キャプテンの意地。

「行かせねえ」

「ほう」

速攻は止められた？　いや……。

「剣がもう来てる！」

相手ベンチも総立ちになっていた。会場中が大騒ぎのはずなのに自分の心臓の音すら聞こえてくるようだった。

「アリウープ？」

「嘘だろ！」

頑張れ。

頑張れ。

頑張れ！

ガンッ！

エイジ君……。

剣、最上のコンビが見事にアリウープを決め五点差となったところで会場の興奮は絶頂に達した。桜は涙を堪えることができなかった。

あなたはいつだって私の目に映るところにいた。いつだって私の心の中にいた。それがずっと続くと思っていた。

もしも今日負けてしまったら三年生のみんなは引退する。私も新しく入ってくれた一年生のマネージャーにバトンタッチだ。

感傷的になっちゃだめだ。コートのみんなはただ無心でバスケットをしているんだ。この激しい戦いを必死で、もしかしたら本当は逃げ出したいくらい苦しくても。

「このやろ！　三人？」

監督が勝負に出た。星一人に三人がかり。

「だから無理はよせ、星！」

ピー！

星のファウル四つ目。前半、ラフプレーが多く三つ取られたことがここにきて手痛い一撃を招いた。代わって。あの子さえいなくなればうちは……。

桜の祈りとは裏腹に史壮館ベンチは動かない。

「強行かよ」

「そうこなくっちゃでしょう」

エース二人は嬉しそうに笑う。相手にとって不足なし。それを見て桜も顔を上げる。

残り八分。星竜典、交代はなし。

「好きです。エイジ君、私はあなたの全てなんて知らないけど、大好き」

心の中で言ったつもりが声に出ていた。誰も聞いてなかったけど、桜は頬をその名の通り桜色に染めた。

お母さんとお父さんが愛し合った証。

「妃奈さん、涙を拭かなきゃ。しっかりこの目に焼き付けよう」

「わかってる。わかってるんだけど」

残り三分。スコアは八十八対八十九。桐沢一点リード。

「慌てるな！　三十秒フルに使え！」

敵将は最後まで声を張り続ける。桐沢も最後まで攻め抜く。

星が外に出た。意表の攻撃。

何をする？　センターがあんな遠くから。

「打つ気だ！」

ガッ！

衝突音。僕は一瞬何が起きたかわからなかった。

エイジがブロックしようとした時に勢い余ってぶつかってしまった。それで二人とも派手に倒れた。

先に立ち上がったのはエイジだった。敵とは言え立ち上がるために手を貸そうとする。

「星、どうした？」

「なんでもねっすよ。よっと」

だが上手く起き上がれない。やっとの思いで立ち上がったが足元が覚束ない。

審判が近づく。

「まだやれるかい？」

「やれ、やれます」

一年でありながらチームの中心に立ち続けた。体力が限界に近付いているようだった。審判の判定はエイジのファウル。交代がないなら星に二本のフリースローが与えられる。

二本とも決めれば再び逆転。

「やります！」

会場中から拍手が贈られる。どんなにすごいやつでもまだ一年生。精神的にもまだ未成熟で当然だ。こっちにだっているだろ。同じ一年坊が。

会場は静寂に包まれていた。星は決して得意ではないフリースローを、執念で二本とも決める。

静かにリードは入れ替わる。

時間の流れが早く感じる。

もう一分を切ってる。

あれ？　今どっちの攻撃だ？

しっかりしなきゃ。コートでは弟が必死で戦ってるんだぞ。

そして隣には……。

ギュッ！

今度こそ夢でも幻でもない。妃奈さんは確かに僕の手を握ってる。

「妃奈さん？」

「怖くなんてないもん。みんな頑張ってる。私だって、強くなるんだ！」

スパッ！

ボールがリングを通る音が非情に聞こえる。それでも妃奈さんは決して手を離さない。

「よーし、これで決まった！」

史壮館の部員たちは勝利を確信した。

九十二対九十一。残り十秒。

「諦めるな！　エイジ！」

今も、この先も、コートもベンチも、それだけじゃない、この会場にいる誰もが、誰に誇るでもなく、誰を馬鹿にするでもなく、それぞれの世界で戦い続けてる。

もちろん努力なんて言葉は人それぞれでその重みも意味もそれぞれに違う。

俺は俺で、お前はお前でいいんだ。

走れ、エイジ。

俺たちに勇気をくれ。

熱くなりたいんだろ？

魂を燃やし尽くすんだろ？

俺は応援し続ける。

いつまでも変わらない心で。

そしたら今度は俺がお前にもっとでっかい夢を見せてやるよ。

俺はお前の兄貴なんだからな。

「星！」

信じられない執念で奇跡の星が追い付いてきた。本当に奇跡を起こすのはどっちか。

刹那、一筋の風が吹いたように感じた。エイジが振り返った。

その時、エイジの脳裏に映っていたのはただ「味方」の証明である赤いユニフォームだけだったかもしれない。でも、きっとわかっていただろう。この短い時間に、最後まで決して諦めずにゴール近くギリギリでもシュートエリアまで走ってこれるようなやつはあいつしかいないと。

「聖哉ぁ！」

エイジの、ミニバス時代から続く長いバスケ人生の中でも最高と言っていいパスが通った。

「ナイスパァス！」

最上聖哉の目がリングだけを見た。

僕は最愛の人と二人、立ち上がっていた。この世界で二番目に大切な人のために。

叫び出す気持ちを抑えられない。

「行けぇ！」

会場中の時が止まった。音が消えた。

次の瞬間、聞こえたのはボールがリングを通る静かな音だった。次に聞こえてきたのは試合終了のブザーだった。

そして、大歓声だった。

終章

ゴッホはなぜ耳を切ったのか？

それはきっと「痛み」を知りたかったから。

インターハイへの出場を果たした桐沢高校は残念ながら初戦から超強豪と当たってしまいあえなく敗北した。それでも彼らの表情は晴れやかだった。

僕は諸々の仕事でかなり忙しくなり、妃奈さんとは月に一度くらいしか会えない日々が続いた。

光陰は矢のように過ぎて気づけばクリスマスにも会えないまま新年を迎えてしまった。

その日、前日に徹夜して逆に昼過ぎまで寝てたためかなかなか寝付けなくて僕は何気なくゴッホの伝記を手に取った。「読む」つもりはなくあくまでもパラパラとページをめくっただけだ。

娼婦に自分の耳を送ったという男。彼の心の声が聞こえてくる気がした。

あなたの笑顔が見れるなら僕は耳なんていりません。

僕はフルフルと首を振る。妄想だろう。それでも、僕は窓を開けて夜空を見上げる。

神様、どうかお願い。僕に痛みを下さい。それで優しくなれるなら。その優しさで大切な人を守れるなら。

一月が終わり二月も終わり三月も下旬に差し掛かった。絵画集が無事に発売され、琴月さんの新シリーズ第一作も刊行されるなりベストセラーとなった。忙しさも一区切りついた。

桜が咲いている。妃奈さんがその下でポーズを取っている。

「人物画は描かないんじゃなかったの？」

「妃奈さんをそのまま描くつもりはありませんから。桜の中にイメージとして組み込むんですよ。どんな絵に仕上がるかは僕にもわかりません」

「そっか」

妃奈さんは微笑む。想像を絶するほどの悲しみと痛みの中でそれでも決して、この人は人間全てを憎んだりはしなかった。

それは僕も同じだ。

二時間ほどお喋りを交わしながら僕は快調に筆を運ぶ。午後の三時を過ぎた辺りで「あとは家で仕上げます」と言って画材一式を片付けた。

京極先生は僕の中には狂気が潜んでいると指摘した。それでいいと思う。それが誰かを傷つけるようなものでもないなら。自分の痛みならきっと耐えられる。そばにいる人がその痛みを癒してくれるから。

それもお互いにだ。

「狂気の人」と思われがちな男、ヴィンセント・ヴァン・ゴッホ。でも僕は信じてる。あんなに素晴らしい絵を描く人はきっと誰よりも強く、優しい人だったと。

公園を散歩していたおばあさんに頼んで写真を撮ってもらった。満開の桜の木の下で。

「ご夫婦さん？」

「いえ、まだです」

妃奈さんが照れ笑いを浮かべる。はっきりと「まだ」と言ったことに。

「そうかい」とだけ言っておばあさんは立ち去ろうとしたが二、三歩進んで振り返る。

「幸せになるんだよ。約束だよ」

それだけ言って今度こそ去って行った。

「優ちゃん？」

妃奈さんが心配そうに僕を見つめる。僕が泣いていたからだ。

「本当はずっと怖かったんです。心も体も痛くて痛くて泣きたくてもう死にたいくらい辛くて。でも……」

「大丈夫だよ。これからも私が優ちゃんの支えになる」

もう言葉は要らなかった。僕は妃奈さんの華奢な体を抱き寄せた。妃奈さんは何も言わなかった。押し返したりもしなかった。

「不思議な気持ち。ドキドキする。けど安心する」

僕はもう少しだけ勇気を出して、両の手に力を加えた。もう涙は止まっていたが頬が濡れているのには変わりない。

きっとこんな風にいつまでも心についた傷は消えない。でも痛みはきっと癒えていく。

僕は自分の右手の甲を見せた。二センチほど傷が薄くついている。昨日、カッターを使って自分で切った。

「ゴッホの真似です。さすがに耳は切れないし、手首を切るのは妃奈さんが心配しちゃうだろうから」

「馬鹿、本当にいつまでも側で見守ってなきゃね」

日曜の昼下がり、周りには人がたくさんいてもおかしくない。でも、その時は子供が数人遊んでいるだけだった。神様がくれた優しい偶然。もちろんその子供たちにはジロジロ見られてたけど。むしろ聞いていてくれ。最初で最後の恋の蕾がやっと花開く。

「僕は、妃奈さんのためならどんなに痛くても我慢できます。だから……だから……」

「ありがとう。私と結婚して下さい」

互いの肌に伝わるぬくもりと心からの言葉と。今はそれだけでいい。

次に会う時は二人で指輪を買いに行こう。一生の宝物だから二人であれこれ悩んで、それでいて楽しくて仕方ないって顔しながら。

絵と同じ、どんな時も心が先にあってそれが物に込もり形となる。初めて二人笑い合ったあの日からずっと一緒、僕らを繋ぐ「変わらぬ心」が。

「どんなに絵が大好きでどんなに頑張って練習してもあなたより綺麗な花は描けない。でも一生、描き続けます。一番のファンでいて下さい」

「はい」

春を告げる風が吹いた。

桜吹雪舞う中で僕らは初めてのキスをした。

了

スターチス

2024年9月25日　　第1刷発行

著　者——和久井志絆
発　行——つむぎ書房
〒103-0023　東京都中央区日本橋本町2-3-15
https://tsumugi-shobo.com/
電話/03-6281-9874
発　売——星雲社（共同出版社・流通責任出版社）
〒112-0005　東京都文京区水道1-3-30
電話／03-3868-3275

ISBN 978-4-434-34464-0